로크미디어가
유혹하는
재미있는 세상

ROK
MEDIA
로크미디어

Taming Master
테이밍 마스터

테이밍 마스터 8

2016년 10월 6일 초판 1쇄 인쇄
2016년 10월 11일 초판 1쇄 발행

지은이 박태석
발행인 이종주

기획 팀 이기헌 송윤성 왕소현
책임 편집 최이슬

발행처 (주)로크미디어
출판등록 2003년 3월 24일
주소 서울시 마포구 성암로 330 DMC첨단산업센터 3층 314호
Tel (02)3273-5135 Fax (02)3273-5134
홈페이지 rokmedia.com E-mail rokmedia@empas.com

ⓒ 박태석, 2016

값 8,000원

ISBN 979-11-5999-838-6 (8권)
ISBN 979-11-5960-986-2 04810 (세트)

이 책의 모든 내용에 대한 편집권은 저자와의 계약에 의해
(주)로크미디어에 있으므로 무단 복제, 수정, 배포 행위를 금합니다.

작가와의 협의에 의해 인지는 생략합니다.
잘못된 책은 구입처에서 바꾸어 드립니다.

8

Taming Master

|박태석 게임 판타지 장편소설|

테이밍마스터

ROK MEDIA
로크미디어

CONTENTS

셀라무스 최강의 전사

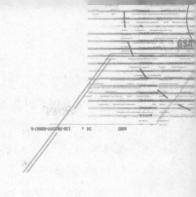

 카노엘은 초롱초롱한 눈빛으로 훈이를 보고 있었다.

 '엄청난 실력자야. 이렇게 강한 흑마법사는 처음 봤어!'

 그동안 이안의, 정확히 말하자면 이안의 가신인 카이자르의 그늘에 가려 존재감이 없었던 훈이였다.

 하지만 사실 훈이는 한국 서버 내에서 손에 꼽을 강력한 흑마법사였다.

 훈이의 레벨은 무려 145.

 130레벨 정도의 샌드 스콜피온 정도는 순식간에 제거할 수 있는 능력을 가지고 있었던 것이다.

 물론 옆에 있던 170레벨대 데스 나이트 발람의 전투력도 한몫하기는 했다.

훈이가 퉁명스러운 어투로 카노엘에게 말했다.

"아니, 님은 쪼렙 주제에 중부 대륙에는 왜 왔어요? 그 레벨에는 그냥 북부 대륙에서 파티 구해서 던전 도는 게 레벨 업 더 빠를 텐데."

"네? 여기가 북부 대륙 경험치의 열 배도 넘게 주는데요?"

"아니, 그거야 살아서 제대로 사냥을 할 때 얘기죠. 님 싸우는 거 보니까 위태위태하던데. 경험치 1퍼센트 올릴 때마다 한 번씩 죽을 듯. 아, 아니다. 한 마리는 잡을 수 있으려나?"

정곡을 찌르는 훈이의 냉정한 말에, 카노엘은 살짝 움찔했지만 곧 평정심을 되찾고 대답했다.

"제가 님 만큼 강하지는 않지만, 그래도 여기까지 오면서 제법 경험치 올렸어요."

훈이는 미심쩍은 눈초리로 카노엘을 응시했다.

'으음…… 샌드 스콜피온한테 쩔쩔매는 걸로 봐서는 별로 신뢰가 안 가는데…….'

하지만 그런 것은 중요하지 않았기에, 훈이는 대충 수긍하고는 말을 이었다.

"뭐, 그랬다면 다행이구요."

훈이의 시선이 카노엘이 허리에 차고 있는 어둠 군주의 맹약을 향해 돌아갔다.

"그나저나 그 벨트는 어디서 났어요?"

훈이의 말에 자신의 벨트를 한번 확인한 카노엘은 어깨를 으쓱하며 대답했다.

"아, 이거. 여기 오기 바로 전날 임모탈의 하수인 던전 공략 갔었거든요."

훈이의 눈빛이 살짝 떨리기 시작했다.

"그……런데요?"

임모탈의 하수인 던전은 유저들 사이에서 무척이나 유명한 던전이었다.

80~100레벨 사이의 유저들이 주로 가는 던전이었는데, 비교적 전투력이 약하면서 경험치는 많이 주는 스켈레톤 병사들이 주 몬스터였기 때문에 인기가 많았다.

특히 흑마법사들은 관련 퀘스트도 많아서 필수로 거쳐야 하는 코스이기도 했다.

그리고 훈이는, 하수인 던전 마지막 층에 나오는 에픽 몬스터가 카노엘이 장착하고 있는 벨트인 '어둠 군주의 맹약'을 드롭한다는 정보를 알고 있었다.

'그렇지만 거기서 어둠 군주의 맹약을 먹을 확률은 진짜 로또 수준인데……. 드롭률이 0.1퍼센트였던가?'

훈이는 수십 번도 넘게 클리어했던 던전인 임모탈의 하수인 던전. 하지만 그럼에도 한 번도 먹을 수 없었던 아이템을, 저 어벙한 소환술사가 얻었다고 생각하니 배가 아파 왔다.

하지만 카노엘의 염장질은 이제 시작이었다.

"거기 마지막 층에서 사냥하다가 스켈레톤 메이지인가?

75레벨짜리 해골 잡으니까 주더라고요. 이거 진짜 멋지게 생겼죠?"

카노엘이 해맑게 웃으며 벨트를 자랑하자, 훈이는 다리가 풀려 그 자리에 주저앉을 뻔했다.

"해, 해골이 그냥 줬다고요?"

카노엘이 고개를 끄덕이며 대답했다.

"네, 주던데요? 저도 일반 몹한테서 전설 등급 아이템을 먹을 수 있을 거라는 생각은 못했는데…… 무튼 엄청 기뻤어요."

훈이는 자신도 모르게 주먹을 말아 쥐었다.

'이 얼간이, 죽여 버릴까……?'

마침 중부 대륙은 아무런 페널티 없이 플레이어 킬이 가능한 PK존이었고, 훈이는 진지하게 고민하기 시작했다.

'그러면 저 벨트를 떨굴 수도 있겠지?'

하지만 이어진 카노엘의 말을 들은 순간, 계획을 수정해야만 했다.

"그때 파티하셨던 흑마법사분이 이거 팔라고 하셨었는데, 계정 귀속 옵션이 붙어 있더라고요. 그래서 못 팔았어요."

"아, 그렇구나……."

계정 귀속 아이템이라는 말은, 거래가 불가능함은 물론 죽는다고 해서 드롭되는 아이템도 아니라는 이야기였다.

'경매장에 올라와 있는 것을 본 적이 있어서 계정 귀속 아이템이 아닌 줄 알았는데…… 옵션이 랜덤으로 부여되는 방

식인가 보군.'

훈이는 속으로 신세한탄을 했다.

'아, 저것만 있으면 임모탈 퀘 바로 시작할 수 있는데…….'

한편 방금 한 말이 자신의 목숨을 구했다는 사실을 모르는 카노엘은 신이 나서 계속 떠들었다.

"어둠 군주의 맹약이 비싼 이유가 있더라고요. 이거 착용한 뒤로 스킬 대미지도 확실히 강해진 것 같고 캐스팅 속도도 빨라진 것 같아요."

그리고 훈이의 한숨은 더 짙어졌다.

'후…… 저 바보, 그냥 죽여 버릴까?'

어둠 군주의 맹약이 비싼 이유는 바로 어둠 마법의 캐스팅 속도를 두 배로 빠르게 만들어 주는 특수 옵션이 붙어 있었기 때문이었다.

그 말인 즉, 소환술사인 카노엘에게는 전혀 쓸모없는 아이템이라는 이야기인 것이었다.

'이게 말로만 듣던 겜알못 버프인 건가…….'

게이머들 사이에서 전설같이 내려오는 이야기.

게임을 잘 못할수록 아이템 드롭 운이 좋다는 미신 같은 이야기를, 훈이는 드디어 맹신할 수 있게 되었다.

'역시…… 그런 거였어. 난 너무 고수라서 아이템 운이 지금까지 없었던 거야.'

우울한 표정을 하고 있는 훈이를 보며, 카노엘이 조심스레 입을 열었다.

"그런데 님, 아이디가 뭐예요?"

훈이는 이안과 마찬가지로 정보를 비공개로 해 놓았기 때문에 닉네임이 노출되지 않았다.

훈이가 퉁명스럽게 대꾸했다.

"제 아이디는 알아서 뭐 하시게요."

"그래도 구해 주신 은인인데, 아이디는 알고 싶어서요. 그리고 지금까지 게임하면서 이렇게 강력한 흑마법사는 처음 봤거든요."

그러자 칭찬 한마디에 우쭐한 훈이의 표정이 다시 살아났다.

"크하핫, 사람 보는 눈은 있으시군요. 저는 간지훈이라고 합니다."

훈이의 말에 발람은 왠지 모르게 부끄러움을 느꼈는지 고개를 슬쩍 돌렸다.

-'간지'라는 말이 뭔지는 잘 모르겠지만, 그 말을 들을 때마다 소름이 돋는다, 훈이.

발람의 말에 훈이가 으쓱하며 대답했다.

"너무 멋있어서 그런 거야, 발람."

-그, 그런가…… 네가 그렇다면 그런 거겠지.

그리고 둘의 앞에서 눈을 빛내는 카노엘.

"오…… 역시, 아이디도 멋집니다."

카노엘의 진심 어린 아부에, 훈이는 광소를 터뜨렸다.

"크하핫, 이제 보니 뭔가 좀 아는 분이셨군요."

"후후, 감사합니다."

카노엘의 현실 나이는 열다섯.

훈이의 코드와 맞을 수밖에 없는, 그런 나이였다.

카노엘이 다시 입을 열었다.

"그나저나 훈이 님, 혹시 이 벨트가 필요하신 겁니까?"

카노엘의 말에 훈이는 고개를 끄덕이며 한숨을 푹 쉬었다.

"예. 지금 진행 중인 히든 퀘스트가 있는데, 그 벨트가 있어야만 진행이 가능하거든요."

카노엘이 고개를 끄덕이며 대답했다.

"흐음, 그런 일이…….."

잠시 뭔가를 생각하던 카노엘이 훈이를 향해 다시 입을 열었다.

"훈이 님."

"예, 카노엘 님."

"제가 이렇게 사막 한가운데서 구명지은을 입었으니, 그에 대한 보답을 하도록 하죠."

"어떤……?"

훈이의 떨리는 눈빛이 카노엘을 향했고, 카노엘이 천천히 입을 열었다.

"이 벨트, 제가 새 거로 하나 경매장에서 구입해서 사 드리도록 하겠습니다."

"……!"

포션 값도 아껴 가며 사냥하는 훈이로서는 상상조차 할 수 없을 정도로 파격적인 제안이었다.

훈이가 카노엘의 손을 덥석 잡았다.

"형님!"

이안의 눈앞에 떠오른 다섯 종류의 무기는 각각 쌍수단검, 지팡이, 너클, 그리고 장궁과 장창이었다.

이안은 조금 의아한 표정이 되었다.

'뭐지? 제일 스탠다드한 무기가 빠져 있네?'

당연히 있을 줄 알았던 검이 없었던 것이다.

이안은 고민했다.

'이번에 활을 들면 더 어려운 단계에서 쓸 수가 없을 텐데…….'

아무래도 가장 자신 있는 무기는 활이었지만, 최고 등급까지 통과해 낼 생각인 이안으로서는 활을 아껴 둘 필요가 있었다.

이안이 이클립스를 향해 물었다.

"이번 단계를 성공하고 나면, 제가 고른 무기 이외에 네 개의 무기 중에 고르게 되는 건가요?"

이클립스가 고개를 저었다.

─그건 아닐세. 자네가 고른 무기를 제외한 나머지 종류의 무기들이 랜덤으로 다시 다섯 개가 나타나게 되지.

이안은 얼굴을 살짝 찌푸렸다.

'그럼 다음 선택지에 활이 나오지 않을 수도 있다는 건데……'

카일란 내에는 십팔반 병기가 전부 존재할 정도로 무기 종류가 다양했기 때문에, 다음 선택지에 활이 또 등장하지 않을 확률도 적지 않았다.

'그래, 쓸 수 있을 때 잡는 게 옳겠지.'

이안은 결국 활을 향해 손을 뻗었다.

우우웅─!

공명음이 울려 퍼지며, 장궁이 이안의 손으로 빨려 들어오듯 쥐였다.

─'정령왕의 심판대궁' 무기를 선택하셨습니다.

심판검과 마찬가지로 대궁 또한 멋들어지고 고급스러운 외형을 자랑했다.

이안은 그것을 보며 입맛을 다셨다.

'퀘스트 보상으로 요놈이나 나왔으면 좋겠네.'

아이템 옵션은 봉인되어 있기에 확인할 수 없었지만, 분명 어마어마한 부가 능력들이 붙어 있으리라.

그리고 그와 동시에 허공에 생겨난 화살통이 이안의 등 뒤에 자연스럽게 매어졌다.

이클립스가 이안을 향해 가볍게 웃어 보이며 사라졌다.

-그럼. 무운을 비네.

그리고 그 자리에 천천히 그 생성되는 푸른 인영에 이안은 재빨리 화살을 빼어 들어 시위에 걸었다.

-B랭크의 셀라무스 전사가 나타납니다.

-3초 후 전투가 시작됩니다.

"후읍."

한차례 심호흡을 한 이안은 활시위를 천천히 당겨 셀라무스 전사를 향해 겨누었다.

-3…… 2…… 1…….

그리고 전투의 시작을 알리는 메시지가 떠오르자마자 그대로 시위를 놓으며 몸을 날렸다.

피이잉-!

화살은 허공을 찢으며 빠르게 날아갔다.

화살은 정확히 셀라무스 전사의 머리를 향해 날아갔지만, 화살을 쏘아 낸 것은 상대도 마찬가지였다.

쎄에엑-!

간발의 차이로 화살이 허공에서 교차되며 날아들었다.

하지만 화살 두 발은 모두 목표물을 맞히지 못한 채 허공을 갈랐다.

그리고 각기 다른 방향으로 몸을 굴려 화살을 피한 둘은 다시 서로를 조준했다.

피잉-.

피이잉-!

계속해서 화살이 서로를 향해 날아 들었다.

한 발의 화살도 서로를 건들지는 못했지만, 둘 사이의 거리는 조금씩 좁아지고 있었다.

'예측 샷도 곧잘 피하는데? 이놈에 몸뚱이가 민첩성이 워낙 높아서 맞추기가 힘들어.'

둘은 조금씩 앞으로 이동하며 계속해서 화살을 날렸고, 이안은 열심히 머리를 굴렸다.

'명중률이나 회피 능력은 거의 비슷한 수준이고…… 속사 능력이 내가 좀 더 나은 것 같은데.'

상대를 향한 냉정한 분석.

'그렇다면 내가 더 나은 부분으로 승부를 봐야겠지.'

이안은 생각을 정리하고는 곧바로 실행에 옮겼다.

탓-!

그는 돌연 투기장 한쪽 바닥에 무릎을 꿇고 자리를 잡았다.

돌발적인 행동을 하는 이안을 보며, 셀라무스 전사는 잠시 의아한 표정이 되었지만 곧바로 다시 공격을 감행했다.

한 자리에 멈춰 자리를 잡은 지금만큼 이안을 맞추기 쉬운 기회가 없었기 때문이었다.

피이잉─!

하지만 당연히 이안은 아무 생각 없이 행동을 한 게 아니었다.

'내가 할 수 있는 한 최대한 빠른 속도로……!'

정신을 극도로 집중시킨 이안은 활시위에 걸려 있던 화살을 그대로 쏘아 보냈다.

그리고 어느새 뽑아 든 한 자루의 화살이 그 궤적을 따라 쏘아져 나가기 시작했다.

'됐다!'

화살이 시위를 떠나는 순간, 이안은 손끝에 느껴지는 감각을 확신했다.

'어차피 속도로 놈을 이길 수 없다면 명중률과 속사 능력을 극대화시키는 게 옳아.'

움직이는 물체를 쏘아 맞추기 힘들다는 건, 너무도 당연한 사실이다.

심지어 그 대상이 200km/h도 넘는 어마어마한 속도로 비행하는 화살이라면 말할 것도 없었다.

하지만 이안은 날아드는 화살을 맞힐 생각을 하고 있었다.

쾅─!

강한 힘이 담긴 화살이 허공에서 만나며 그 계획이 현실화되었다.

그리고 그 뒤를 따르던 한 발의 화살이 굉음을 뚫고 날아가 셀라무스 전사의 옆구리를 스치고 지나갔다.

치명적인 피해를 입히지는 못했지만, 화살에 걸린 강한 힘 때문에 약간의 피해를 입은 셀라무스 전사의 입에서 낮은 신음성이 흘러나왔다.

"으윽……."

투기장 바깥쪽에서 그 광경을 지켜보던 이클립스 또한 흥미로운 표정으로 이안을 응시했다.

–오, 저런 방법을 쓸 줄이야.

어지간한 배짱과 자신감이 아니면 시도할 수조차 없는 방식이었다.

사실 중력 외에는 화살의 궤적에 아무런 외부적 요인이 작용하지 않는 투기장이었기에, 그리고 투사체의 피격 판정이 현실보다 후한 가상현실 게임이었기에 가능한 방법이었지만, 어쨌든 이안의 궁술이 묘기 수준이라는 사실에는 변함이 없었다.

핑– 피핑–!

이안은 자세를 고정시킨 채 계속해서 화살을 날렸다.

몸을 한 발짝도 움직이지 않으니 명중률이 배 이상 정확해짐은 물론, 연사 속도도 더 빨라졌다.

물론 이안도 상대의 화살을 100퍼센트 다 맞혀서 떨어뜨리지는 못했다.

하지만 절반 이상은 요격에 성공했고 나머지는 몸을 비틀거나 최소한의 움직임으로 피해 내고 있었다.

상황이 이렇게 되자, 엇비슷한 능력치 덕에 백중세를 이루고 있던 둘의 전투가 점점 이안을 향해 기울기 시작했다.

묵묵히 전투를 구경하고 있던 카이자르가 이클립스를 향해 입을 열었다.

"어떤가, 이클립스."

카이자르의 물음에 이클립스가 천천히 고개를 끄덕이며 짧게 대답했다.

─이번에는 인정해야겠군.

그리고 허공에 떠 있던 이클립스의 신형이 서서히 희미해지기 시작했다.

─곧 내 차례가 오겠군. 준비해야겠어.

카이자르는 이클립스와 이안을 번갈아 한 번씩 응시한 후 씨익 웃어 보이며 다시 전투를 관람하기 시작했다.

"흐음, 이곳이 바로 지난번 다크루나 길드의 공격을 막아낸 요새란 말이지?"

파이로 영지의 방어 요새.

방어벽과 조금 떨어진 곳에 선 한 남자가 천천히 요새를 향해 걸음을 옮기고 있었다.

모든 개인 설정을 비공개로 돌려 놨는지 아무런 정보도 떠 있지 않았다.

게다가 흑의무복에 검정색 복면까지 둘러 정체를 완벽히 숨긴 그는 조심스러운 움직임으로 사람들 사이에 녹아들었다.

"안쪽으로 들어가 구조를 봐야 하는데……."

파이로 영지는 루스펠 제국의 유저라면 누구든 출입이 허가되었다.

하지만 세 겹의 높다란 방어벽으로 구성되어 있는 방어 요새는 출입을 엄격히 통제하고 있었다.

철통같은 방어를 위해 복잡하게 설계된 요새의 내부 구조가 밖으로 노출되지 않게 하기 위한 조치였다.

요새 안쪽에 들어가려면, 로터스 길드의 길드원이거나 길드마스터인 헤르스의 허가가 있어야만 했다.

하지만 사내는 그런 것은 개의치 않는지 망설임 없이 성벽을 향해 다가갔다.

그리고 잠시 후…….

스르륵-.

사내의 신형이 어둠 속에 녹아들기라도 하듯 점점 투명해졌다.

바로 암살자의 대표 능력 중 하나랄 수 있는 은신이었다.

그는 은신을 사용해 투명해진 채로 빠르게 성벽을 타고 올라갔다.

'디텍터 능력이 있는 방어 타워의 시야만 조심하면 되겠지.'

방어 타워 중에는 투명을 감지할 수 있는 디텍팅 능력이 탑재된 것들이 있었다.

방어 타워는 전투력에 비해 가격이 비싼 편이었기 때문에 일반적으로 많이 짓지는 않았다. 그래도 파이로 영지 요새에는 곳곳에 배치되어 있었기 때문에 그의 움직임은 무척이나 신중했다.

'대체 이 정도 규모의 방어력을 이렇게 단기간 안에 갖춰 낼 수 있었던 거지?'

사내는 능숙한 몸놀림으로 요새 구석구석을 헤집고 다니며 구조를 눈에 담기 시작했다.

투명화의 시간이 끝날 때마다 경비병의 시야가 닿지 않는 곳에 몸을 숨기는 그의 동작은 마치 도둑고양이처럼 날렵하고 조용했다.

'음…… 저기는 어떤 방향으로든 들어갈 수 없겠군.'

사방이 디텍팅 타워로 둘러싸여 있는 몇 군데를 제외하고, 요새 전체를 탐색하는데 성공한 그는 조용한 걸음으로 성 밖을 향해 몸을 날렸다.

타탓―!

그 남자는 까마득히 높은 성벽 위에서 망설임 없이 몸을 던졌다.

그대로 바닥에 떨어진다면 즉사를 면하기 힘들만큼 높은

높이였지만, 그는 여유 넘치는 표정이었다.

그런데 잠시 후.

스르륵-.

떨어지는 남자의 몸 주변으로 까만 안개가 피어나더니 돌연 까마귀의 모습으로 변하는 것이 아닌가.

까악- 깍!

윤기가 좌르르 흐르는 새까만 깃털을 가진 까마귀는 어둠 속으로 날갯짓하며 유유히 사라졌다.

이안은 가장 자신 있는 무기인 활을 사용하여 B등급의 셀라무스 전사를 가볍게 이겼다.

-B등급의 셀라무스 전사를 성공적으로 제압하셨습니다.

-빠른 시간 안에 압도적으로 제압하는 데 성공하셨으므로, A랭크를 건너뜁니다.

압도적인 차이로 A랭크마저 건너뛰어 버린 그가 다음으로 만나게 된 상대는, 다름 아닌 이클립스였다.

이안이 눈을 가늘게 뜨고 물었다.

"음…… 당신이 S등급 심판자였나요?"

그리고 그 물음에 셀라무스가 고개를 끄덕였다.

-그렇다네, 이안.

한 번의 랭크 전투가 끝났음에도 '정령왕의 심판대궁'은 여전히 이안의 손에 들려 있었다.

그리고 이클립스의 어깨 넘어로 새하얗게 빛나고 있는 심판검.

이안은 자신의 손에 들려 있는 심판궁과, 이클립스의 심판대검을 번갈아 응시하며 다시 입을 열었다.

"이번 전투는 지금까지처럼 같은 조건에서 진행되지는 않나 보군요."

이클립스가 고개를 끄덕였다.

─눈치가 빠르군.

후웅─.

등에 메어 있던 대검을 빼어 들어 허공에 이리저리 휘두르는 그를 보며 이안은 식은땀을 흘렸다.

'뭐야? 힘 스탯이 얼마나 높으면 저걸 한손으로 저렇게 가볍게 휘둘러?'

이클립스의 말이 이어졌다.

─이 마지막 전투는. 내가 이길 수밖에 없는 전투일세.

"……?"

─아무리 전투 감각이 좋아도, 나와 자네의 레벨 차이는 잔재주로 극복할 수 있는 수준이 아니거든.

말이 끝나자마자 이클립스의 위로 떠오른 그의 정보에, 이안은 어이가 없어서 두 눈을 꿈뻑거렸다.

-이클립스(소환술사) : Lv 250

카이자르 이후로 처음 보는 250대의 레벨이었다.

이안은 욕지거리가 나오려는 것을 겨우 눌러 참았다.

'아니, 무슨 해결이 가능한 퀘스트를 줘야지 이런 언밸런스한 스테이지 구성이 어디 있어?'

이클립스의 말 그대로, 아무리 날고 기는 이안이더라도 100레벨 차이는 극복이 불가능한 것이었다.

이안이 한숨을 푹 쉬며 입을 열었다.

"아저씨 말대로네요. 어차피 결과가 정해져 있는 싸움……할 필요가 있을까요?"

이클립스가 웃으며 대답했다.

-승패는 결정되어 있지만, 자네가 싸울 이유는 남아 있다네.

"뭔데요?"

-자네는 여기서 날 이길 필요가 없어. 내게 인정받기만 하면 S랭크의 자격이 주어질 걸세.

그 말에 이안의 아쉬워하던 표정이 조금 밝아졌다.

"오, 그런 거라면……!"

-정확히 말하면 내게 인정받는 게 아니라 선조들의 인정이라고 해야겠지만.

"뭐가 됐든 알겠어요. 일단 최선을 한번 다해 보죠."

이안은 손에 든 장궁을 빙글빙글 돌리며 씨익 웃었다.

그리고 그 자신감 넘치는 모습에, 이클립스 또한 흡족한 표정을 지으며 대답했다.

-좋아. 그럼 시작해 볼까?

이클립스의 말이 끝나기가 무섭게, 전투의 시작을 알리는 카운트다운이 투기장에 울려 퍼지기 시작했다.

-3······ 2······ 1·······.

이안은 재빨리 화살을 시위에 걸었다.

피이잉-!

이안의 화살이 활시위를 떠나는 것을 시작으로, 두 사람의 전투가 시작되었다.

-오랜만에 몸 좀 풀 수 있겠군.

이클립스는 거대한 대검을 이리저리 휘두르며 이안의 화살을 튕겨 내었다. 이클립스가 예고했던 것처럼, 그와 이안의 전투 스텟 차이는 그야말로 압도적인 것이었다.

하지만 그렇다고 해서 이안이 그의 공격을 쉽게 허용해 주는 것은 아니었다.

후우웅-!

전투 능력이 민첩성에 몰려 있는 이안의 스텟 구성은, 언제나처럼 강자와의 전투에서 빛을 발했기 때문이었다.

쾅-!

이클립스의 대검이 투기장 바닥을 때리며 굉음이 울려 퍼지고, 사방으로 돌가루가 튀어 나갔다.

팅- 티팅-!

이안은 달려드는 이클립스를 따돌리며 한 번에 두 대의 화살을 시위에 걸어 발사했다.

일정 거리를 유지하며 전투를 벌일 땐, 두 발 이상의 화살을 시위에 거는 것은 이안도 잘 사용하지 않는 방식이었다.

그것은 명중률의 극심한 저하를 가져오기 때문이었다.

하지만 지금처럼 초단거리에서 전투를 벌여야 할 때는 얘기가 달랐다.

이안에게는 두 발, 아니 세 발의 화살을 시위에 걸더라도 1~2미터 전방의 목표물 정도는 맞출 능력이 있었다.

타탕!

이안의 화살이 이클립스의 검면을 맞추며 쇳소리가 울려 퍼졌고, 그는 얼굴을 살짝 찌푸리며 입을 열었다.

-잔재주를 사용하는군, 이안.

이안은 계속해서 몸을 움직이며 짧게 대꾸했다.

"고급 기술입니다만."

두 사람의 공방전은 10여 분이 넘게 치열하게 진행되었다.

이안은 100레벨이나 차이 나는 적을 상대로 엄청난 선전을 했다.

이것이 가능한 데에는 이안의 뛰어난 컨트롤 능력이 가장 큰 영향을 미치기는 했지만, 다른 이유들도 있었다.

일단 양측 모두 무기를 제외하고는 아무런 장비를 착용하고 있지 않았고, 기본 공격을 제외하고는 그 어떤 스킬도 사용할 수 없었기 때문에 순수한 컨트롤 능력이 더 빛을 발하게 된 덕이었다.

하지만 시간이 지나자, 이안은 결국 이클립스에게 제대로 된 공격을 허용하고 말았다.

쾅-!

"으윽-!"

이안은 이클립스의 공격 단 한 방에 뒤쪽으로 쭉 밀려나 바닥을 구르고 말았다.

D등급 셀라무스 전사를 상대할 때 이안이 보여 줬던 만큼의 큰 기술은 아니었지만, 워낙 능력치가 높은 이클립스였기에 짧은 궤적의 공격도 대미지가 엄청 났다.

이안은 깜빡이기 시작하는 자신의 생명력 게이지 바를 보며 투덜거렸다.

"아니, 뭐 이렇게 무식하게 센 겁니까?"

이클립스는 검을 고쳐 잡으며 카이자르를 힐끗 쳐다봤다.

-저놈보다는 약할걸.

그리고 다시 달려드는 이클립스.

이제까지와는 달라진 그의 기세를 보며 이안은 속으로 한숨을 푹 쉬었다.

'역시, 지금까지 봐준 거였어.'

이클립스는 조금씩 더 빠르고 강한 움직임을 보여 주며 계속해서 이안을 압박했다.

이안이 보기에 이클립스는 당장 전투를 끝맺을 수 있었다.

하지만 그는 계속해서 이안을 한계까지 몰아붙이기만 할 뿐, 결정적인 공격을 감행하지는 않았다.

그렇게 이십여 분 정도를 더 싸웠을까?

이안으로서는 뭔가 농락당하는 기분도 없지는 않았지만, 그래도 기분이 나쁘지만은 않았다.

오랜만에 소환수의 힘을 빌리지 않은 대인 전투를 하면서 정신없이 몸을 움직였기 때문이었다.

마치 잊고 있던 감각들이 깨어나는 느낌.

그런데 그때, 이안은 몸속으로 스며드는 이질적인 기운을 느끼며 두 눈을 크게 떴다.

'이건 또 뭐지?'

그와 동시에 이안의 시야에 몇 줄의 시스템 메시지가 떠올랐다.

-셀라무스 고대의 전사들이 당신의 전투 능력을 인정합니다.

-내면에 갇혀 있던 잠재력이 개방됩니다.

-모든 전투 능력이 50퍼센트만큼 상승합니다.

이안의 온몸에 황금빛 기류가 넘실거리기 시작했다.

"그러니까…… 요행이 아니라는 말이죠?"

사무엘 진의 물음에 림롱이 고개를 끄덕였다.

"그렇습니다, 진 님. 제가 지금껏 본 영지 방어 요새 중에 가장 뛰어난 수준의 방어력을 갖추고 있었습니다."

"크흠……."

"당시보다 더 방어력이 탄탄해졌으리라는 점을 감안하더라도 납득할 만한 수준입니다."

림롱의 말에 사무엘 진이 인상을 찌푸렸다.

"전부 다 돌아보고 온 건 맞습니까?"

"흐음, 한 7~8할 정도는 확인했다고 할 수 있겠군요. 디텍팅 타워가 촘촘히 지어져 있는 몇 군데는 접근하지 못했습니다."

사무엘 진은 말없이 눈을 감았고, 림롱은 그의 다음 말을 기다렸다.

그리고 잠시 후, 사무엘 진의 말이 다시 이어졌다.

"그럼 림롱 님은 앞으로 파이로 영지가 며칠이나 더 버틸 수 있을 것이라고 예상하십니까?"

"흐음……."

림롱은 요새 내부에 지어져 있던 방어 타워들의 레벨과 규모를 떠올리며 잠시 생각에 잠겼다.

그리고 그의 입이 천천히 열렸다.

"이제 곧 그 일대의 모든 거점들이 카이몬 제국군의 손아귀에 들어가게 됩니다."

"그렇겠죠?"

"저는 그 날을 대충 이틀 정도 뒤로 보고 있는데……."

사무엘 진이 고개를 끄덕였다.

"역시, 저랑 생각이 비슷하시군요."

림롱의 말이 계속해서 이어졌다.

"그렇다면 아마 사흘 뒤쯤에 파이로 영지를 향한 대대적인 공세가 있을 겁니다."

림롱이 원탁 위에 놓여 있는 지도를 손으로 짚으며 말을 이었다.

"파이로 영지의 동부 지형은 산세가 험해서 공격하기 애매하고, 아마 서, 남, 북 세 방향에서 공격에 들어갈 텐데……."

림롱은 잠시 눈을 감고 턱을 만지작거렸다.

'방어 타워 숫자도 숫자지만, 등급을 알 수 없는 상위 테크 방어 타워도 제법 보였고.'

림롱이 다시 눈을 떴고, 두 사람의 시선이 마주쳤다.

"일주일 정도는 버텨 낼 수 있을 것이라고 생각합니다. 길면 보름 정도가 될지도 모르겠군요."

림롱의 말에 무심해 보였던 사무엘 진의 두 눈동자에 동요의 빛이 어렸다.

"아니, 카이몬 제국군의 총 공세를 일주일이나 버텨 낼 여력이 로터스 길드 따위에 있을 거란 말입니까?"

사무엘 진은 자존심이 상했다.

명실공이 루스펠 제국 소속 길드 중 가장 높은 랭크를 차지하고 있는 자신의 길드, 스플렌더 길드라고 하더라도 제국군의 총공세는 사흘 이상 버텨 낼 자신이 없었다.

　그런데 일주일, 길면 보름이라니.

　조금 상기된 목소리로, 사무엘 진이 입을 열었다.

　"믿기 힘들지만 그 말이 사실이라면, 큰일이군요."

　이번에는 림롱이 의아한 표정이 되었다.

　"큰일……이라고요? 어째서죠? 로터스 길드에서 오래 버티면서 저들의 군사력에 조금이라도 타격을 줘야 차후에 우리가 막아 내기 더 수월해질 것 아닙니까?"

　림롱의 말에, 사무엘 진이 피식 웃으며 고개를 저었다.

　"림롱 님은 하나만 보고 둘은 보지 못하시는군요."

　"……?"

　"지금 로터스 길드의 길드 랭킹 한번 확인해 보시겠습니까?"

　사무엘 진의 말에, 림롱은 의아했지만 곧바로 랭킹 목록을 열어 로터스 길드의 랭킹을 확인했다.

　그리고 두 눈을 의심할 수밖에 없었다.

　-로터스 길드 - 랭킹 : 37위

　"이게……?"

　분명히 다크루나 길드와의 전투가 있기 전만 하더라도 100위권 밖에 있던 로터스 길드의 랭킹이 무려 40위권 이내로 껑충 뛰어오른 것이다.

이에 림롱은 놀라지 않을 수 없었다.

잠시 뜸을 들인 사무엘 진이 다시 입을 떼었다.

"로터스 길드는 다크루나 길드와의 일전을 승리로 이끌면서 거의 두 배 이상 성장했습니다. 다크루나의 5천 병력을 잡아 내면서 얻은 경험치와 전공 포인트, 그리고 명성 덕분에 말이죠."

림롱은 자신도 모르게 중얼거렸다.

"말도…… 안 돼."

사무엘 진이 쓴웃음을 지었다.

"저도 그렇게 생각합니다. 하지만 두 배 이상의 급성장이 말도 안 되는 만큼, 로터스 길드가 다크루나 길드의 5천 병력을 막아 낸 것도 비현실적이죠."

사실 로터스 길드는 다크루나 길드로부터 얻은 보상만으로 37위까지 단번에 성장해 낸 것은 아니었다.

물론 수성전의 승리가 가장 큰 성장 동력이 된 것은 맞았지만, 그동안 로터스 영지의 영지 등급도 한 단계 더 올려 대영지로 만들었고, 조련소를 통해 얻은 자원으로 꾸준히 보유 중인 영지들을 발전시킨 것이었다.

림롱이 사무엘 진을 향해 물었다.

"그럼 혹시 사무엘 님은, 로터스 길드가 우리 길드를 위협할 정도로 성장할 수 있다고 생각하시는 겁니까?"

사무엘 진은 고개를 끄덕였다.

"지금의 성장 속도만 봐서는 그런 생각이 들지 않는 것이 더 이상하지 않겠습니까?"

"흐음……."

"만약 림롱 님의 예측대로 로터스 길드가 카이몬 제국 연합군을 일주일, 아니 보름 동안 막아 낸다면 이번에는 다크루나 길드를 막아 냈을 때보다도 훨씬 커다란 보상을 얻을 수 있겠지요."

얘기를 다 들은 림롱은 심각한 표정이 되었다.

'사무엘의 말도 일리가 있다. 아니 분명히 로터스 길드는 수성에 성공할 때마다 비약적으로 성장하겠지.'

보름간 카이몬 제국 연합군을 막아 낸다면, 로터스 길드는 파이로 영지를 빼앗기더라도 아깝지 않을 정도의 전공 포인트와 경험치, 그리고 명성을 얻을 것이었다.

"제가 괜히 림롱 님같이 고급 자원에게 정찰을 부탁했겠습니까."

림롱은 고개를 주억거렸다.

"확실히 그럴 만한 가치가 있는 정찰이었군요."

사무엘의 말이 이어졌다.

"파이로 영지 요새의 구조, 머릿속에 잘 넣어 오셨지요?"

"그렇지 않아도 간략하게 정리해서 메모해 뒀습니다."

사무엘이 흡족한 표정을 지으며 림롱을 응시했다.

"최대한 기억을 전부 살려 내셔서, 아니, 필요하다면 몇 번 더 염탐을 감행하더라도 요새 내부 지도를 좀 만들어 주세요."

"……!"

사무엘 진의 의도가 무엇인지 깨달은 림롱의 두 눈이 커졌다.

"설마……?"

사무엘이 고개를 끄덕였다.

"타이탄 길드에 넘길 생각입니다."

림롱은 묘한 표정이 되었다.

"그래도 그것은 좀 과한 것 아닙니까?"

하지만 사무엘의 표정은 단호했다.

"더 자라기 전에 그 싹을 잘라 버려야지요."

잠시 동안 림롱의 얼굴에 갈등이 스쳐 지나갔지만, 그는 이내 고개를 끄덕였다.

"알겠습니다, 마스터."

잠재력 개방으로 인해 추가로 얻은 50퍼센트만큼의 전투 능력치는 이안의 전투력을 폭발적으로 증가시켜 주었다.

펑- 퍼펑-!

화살 끝에서 터져 나오는 폭발력이 전과는 비교도 안 되게 강력해졌음은 물론, 이제 민첩성 스텟 하나 만큼은 이클립스를 넘어설 수 있게 된 것이었다.

그리고 이쯤 되자, 이안은 이클립스와 거의 호각으로 싸울 수 있게 되었다.

-놀라운 전투력이군. 이안.

이클립스는 절반 이상의 생명력을 잃어, 게이지가 깜빡이고 있었다.

그는 이안의 전투 감각에 진심으로 감탄했다.

"이 잠재력 개방인지 뭔지 하는 버프…… 언제까지 발동될지는 모르겠지만, 그 안에는 이 전투를 끝내야겠어."

이안의 말에 이클립스가 실소를 지었다.

-승부욕 하나만큼은 정말 대단하군. 하지만 걱정할 필요 없다. 그 버프는 나와의 전투가 끝나기 전까지는 없어지지 않을 테니까 말이야.

두 사람은 대화를 주고받으면서도 전투를 쉬고 있지 않았다.

이클립스는 대검을 휘두르며 위협적으로 달려들었다.

그러나 이안은 그와의 거리를 벌리며 지속적으로 대미지를 입혔다.

팅- 팅-!

날아드는 이안의 화살을 빠르게 쳐 내며, 이클립스가 대검을 치켜들었다.

-마지막이다. 이안. 이 공격을 막아 낸다면 네 승리를 인정해 주도록 하지.

"......!"

지금까지의 전투 양상이 계속된다면 이안이 조금씩 유리해지는 상황이었다.

그렇기에 새롭게 자세를 잡는 이클립스의 모습에 이안은 불만을 가질 수밖에 없었다.

'이길 각이 나왔었는데…… 역시 이렇게 쉽게 끝내 줄 리 없지.'

무슨 공격을 감행하려고 하는지는 몰랐지만, 이클립스의 공격을 방해하기 위해 이안은 쉴 새 없이 화살을 날려 댔다.

핑- 피핑-!

대검을 정면으로 들어 올려 한 대의 화살을 막아 낸 이클립스는, 전면으로 발돋움하며 기합을 내질렀다.

-하압!

그리고 그 순간 이클립스의 신형이 어지러이 흔들렸고, 그 과정에서 그의 모습이 점점 쪼개지기 시작했다.

생각지도 못한 상황에 이안은 질겁하며 몸을 움직였다.

'뭐야, 분신술이라도 쓰는 거야? 아니, 분신이라기엔 뭔가 느낌이 다른데…… 무협지에서 보던 이형환위라도 쓰는 건가?'

잠시 후 총 셋으로 나뉜 이클립스의 몸은 일제히 검을 치켜들고 이안을 향해 달려들었다.

–흐아압!

이안은 속으로 욕지거리를 내뱉으며 화살을 빼어 들었다.

'아니, 스킬 사용 불가능하다며! 저런 이상한 능력을 쓰는 건 반칙 아니야?'

하지만 아무리 툴툴대 봐야 달라질 게 없다는 걸 누구보다 잘 알고 있는 이안이었기에, 그의 몸은 부지런히 움직이고 있었다.

'제기랄, 저렇게 무작위로 움직이면 하나도 맞추기 힘든데 셋이나 되면 어쩌자는 거지?'

최대한 거리를 벌려 놓은 덕분에 아직 20미터 정도의 여유가 남아 있었지만, 그 정도는 단숨에 좁혀질 수 있는 짧은 거리였다.

이안은 지체 없이 활시위를 놓았다.

"제기랄, 다 맞춰 준다, 내가!"

이안의 속사가 다시금 시작되었다.

핑– 핑– 핑–!

단 세 발로 이클립스의 세 개의 분신을 정확히 맞춰 낼 수 있으면 베스트였지만, 그것이 거의 불가능에 가깝다고 판단한 이안은 계속해서 화살을 쏘아 대었다.

핑– 핑–!

정확히 분신을 맞춘 것 같이 보였음에도 이안의 화살은 허무하게 그림자를 통과해서 날아갔다.

이안도 가만히 서서 쏘는 것은 아니었지만 분신술을 사용하는 이클립스의 이동속도는 이전에 비해 두 배 이상 빨라졌고, 이클립스와 이안의 거리는 점점 더 좁혀질 수밖에 없었다.

그야말로 일촉즉발의 상황이 된 것이었다.

'아오, 좀 맞아라!'

쉴 새 없이 활시위를 퉁겨 대는 이안과 교묘하게 그 사이를 비집으며 계속해서 거리를 좁히는 이클립스였다.

그런데 그때, 이안의 눈에 갑작스레 빠르게 움직이는 하나의 분신이 들어왔다.

"······!"

그리고 순간, 등 뒤에서 싸늘한 기운이 느껴졌다.

이안은 본능적으로 허리를 비틀며 들고 있던 화살을 등 뒤로 던져 버렸다.

퍽-!

둔탁한 소리가 울려 퍼졌고, 그것은 이안이 던진 화살이 무언가를 두들겼다는 의미였다.

이안은 빠르게 새로운 화살을 시위에 걸어 쏘아 보냈다.

쾅-!

화살촉에 걸려 있던 폭발력이 터져 나가며 굉음이 울려 퍼졌다.

우우웅-!

투기장 전체를 뒤흔드는 커다란 공명음과 함께, 이안을 향해 달려들던 분신들이 그 자리에서 하얀 연기가 되어 사라졌다.

'맞춘…… 건가?'

아직까지 확실한 것은 아무것도 없었기에, 이안은 본능적으로 뒷걸음질 쳐 이클립스와의 거리를 벌렸다.

그러나 다음 순간, 떠오르는 시스템 메시지가 이안의 승리를 말해 주었다.

띠링-.

-S등급의 셀라무스 전사인 '이클립스'를 성공적으로 제압하셨습니다.

-셀라무스 명예의 전당이 갱신됩니다.

-셀라무스 명예의 전당 가장 높은 곳에 유저 '이안'의 이름이 새겨집니다.

-1,560만의 경험치를 획득하셨습니다.

-30만의 명성을 획득하셨습니다.

-레벨이 올랐습니다. 151레벨이 되었습니다.

이클립스는 물론, 이안을 제단으로 인도한 장본인인 카이자르조차 생각지도 못했던 결과가 만들어졌다.

부서졌던 그 자리에서 다시 푸른빛이 되어 나타난 이클립스와, 히죽히죽 웃으며 정보 창을 확인하고 있는 이안.

두 사람을 번갈아 본 카이자르가 천천히 입을 열었다.

"놀랍군, 이안. 설마 저 노인네를 이겨 버릴 줄이야."

카이자르는 진심으로 이안의 전투 능력에 놀란 표정이었다. 이클립스는, 카이자르가 인정하는 몇 안 되는 강자 중 하나였으니까.

그리고 이안은 거만한 표정으로 카이자르를 향해 입을 열었다.

"후후, 내가 이 정도야. 이제 무시하지 말라고, 가신님아."

"흐음……."

카이자르는 별로 탐탁치 않은 표정이었다.

하지만 이안은 나름대로 만족했다.

적어도 비웃음은 면했으니까.

"쳇, 깐깐하기는."

다시 완전히 모습을 드러낸 이클립스가 이안을 향해 다가왔다.

─놀랍군. 그대의 전투 능력에 경의를 표하네.

말투부터 달라진 이클립스를 보며, 이안은 뿌듯한 미소를 지었다.

"감사합니다. 운이 좋았습니다."

이안은 어울리지 않게 겸손한 멘트를 날렸다.

'아직 퀘스트가 끝나지 않았어. 친밀도를 최대한 올려놔

야지.'

이것은 닳고 닳은 게이머의 본능과도 같은 것이었다.

-허허. 이렇게 될 줄은 몰랐네만. 어쨌든 자네는 S등급으로 첫 번째 시험을 통과했군. 축하하네.

이클립스의 말이 끝남과 동시에, 이안의 시야에 퀘스트 완료를 알리는 시스템 메시지가 떠올랐다.

띠링-.

-'셀라무스 부족의 시험(1)' 퀘스트를 성공적으로 완수하셨습니다.

-클리어 등급 : SS

-1,225만의 경험치를 획득하셨습니다.

-10만의 명성을 획득하셨습니다.

-셀라무스 부족의 '비전 마법 스크롤'을 획득하셨습니다.

-'심판의 무기 상자'를 획득하셨습니다.

메시지를 확인한 이안은 서둘러 인벤토리를 열어 보상을 확인했고, 다음 순간 얼굴이 확 구겨졌다.

"아니, 이클립스, 이거 너무한 거 아니에요?"

이클립스는 고개를 갸웃하며 대답했다.

-뭐가 말인가.

"스킬이야 그렇다고 치더라도 무기 종류는 선택할 수 있게 해 줘야 하는 거잖아요!"

이안이 얻은 마법 스크롤은 셀라무스 부족 비전의 스킬 중 하나를 랜덤으로 획득하는 아이템이었으며, 심판의 무기 상자는 말 그대로 '심판' 무기들 중 하나를 랜덤으로 얻을 수 있는 아이템이었던 것이다.

울상이 된 이안을 보며, 이클립스가 고개를 천천히 저었다.

-크흠, 그것은 내가 어떻게 할 수 있는 부분이 아닐세. 선조께서 내려 주신 보물인지라…….

사실 이클립스라고 별수 있었겠는가.

탓하려면 개발사를 탓해야 하는 것이었지 이클립스를 탓해 봐야 달라지는 건 아무것도 없었다.

이안은 한숨을 푹 쉬며 우선 마법 스크롤을 꺼내었다.

'무슨 스킬이 나오려나?'

마법 스크롤을 손에 든 이안의 입꼬리가 다시 말려 올라갔다.

투덜거리기는 했지만, 랜덤 보상 아이템을 사용할 때만큼은 항상 설렐 수밖에 없었다.

"오픈!"

이안의 입이 떨어지고, 그와 동시에 이안의 눈앞에 새로 획득한 스킬의 정보가 주르륵 떠올랐다.

띠링-.

셀라무스 전사의 의지	
분류 : 액티브 스킬	스킬 레벨 : Lv 0
스킬 등급 : 전설	숙련도 : 없음
소모 값 : 없음	재사용 대기 시간 : 30분

20분간 모든 전투 능력치가 40퍼센트만큼 상승하며, 시전자의 비전투 능력치를 모두 합한 만큼의 능력치를 원하는 하나의 전투 능력치에 부여할 수 있다.
또한 '셀라무스 전사의 의지'가 지속되는 동안 모든 무기에 대한 숙련도가 '15레벨'만큼 증가하며, 무기 숙련도 증가로 인한 전투 보정 효과도 전부 받을 수 있게 된다.
*'셀라무스 전사의 의지'가 지속되는 동안은 다른 어떤 스킬도 사용할 수 없다.
스킬 습득 조건 : 셀라무스 부족에게 인정받은 소환술사에 한해서만 스킬을 익힐 수 있다.

스킬을 꼼꼼히 읽고 난 이안은 머릿속이 조금 복잡해졌다.

'좋은 스킬인 건 분명한데……. 진짜 잘 사용해야겠네.'

일단 스킬 등급은 전설.

이안이 보유하게 된 첫 번째 전설 등급의 스킬인 것이었다.

그리고 그 등급에 걸맞게 엄청난 버프 효과를 가지고 있었다.

'전투 능력 40퍼센트 뻥튀기에 비전투 능력치까지 전투 능력으로 돌릴 수 있다니…….'

이안은 비전투 능력치가 엄청나게 높았다.

생산 직업까지 생긴 뒤에는 짬 날 때마다 부적 제작 노가다를 해 왔기 때문에 통솔력, 친화력 등의 직업 능력치를 제하고라도 손재주, 운, 지구력 등 잡다하게 수많은 능력치들을 가지게 된 것이었다.

하나하나의 수치 자체는 높지 않았지만 워낙에 종류가 많다 보니 전부 합하면 결코 무시할 수 없는 수준의 능력이 되었다.

'어디 보자, 다 더하면…….'

이안은 열심히 능력치들을 하나하나 더하기 시작했고, 결과를 확인한 후 놀랄 수밖에 없었다.

'다 합해서 순발력에 투자하면 지금 능력치의 두 배 가까이 되겠는데?'

게다가 그때그때 필요에 따라서 공격력이나 방어력으로 돌릴 수도 있는 것이었으니, 활용 방법도 무궁무진했다.

하지만 그 아래쪽에 쓰인 부가 효과는 능력치 버프보다도 더 사기적인 것이었다.

'모든 종류의 무기 숙련도의 15레벨 증가.'

이 말인 즉, 처음 쥐는 무기를 들어도 중급5레벨의 숙련도가 기본적으로 주어진다는 소리였다.

숙련도는 초급, 중급, 고급 그리고 마스터까지 네 단계로 나뉘어져 있는데, 각 단계별로 10레벨로 구성되어 있기 때문이었다.

'이 스킬 하나만으로도 여기에서 온 목적은 달성한 거나 마찬가지네.'

이안의 판단으로 이 스킬은, 지금껏 구경조차 해 보지 못한 어마어마한 버프 스킬인 것이 분명했다.

'버프 스킬이라기보다는 태세 변환 스킬이라고 해야 하나?'

이안의 시선이 이번에는 스크롤의 아래쪽으로 향했다.

-'셀라무스 전사의 의지'가 지속되는 동안은 다른 어떤 스킬도 사용할 수 없다.

확실히 대단한 버프 능력들을 가진 만큼, 페널티 또한 분명히 치명적이었다.

셀라무스 전사의 의지 상태가 지속되는 20분 동안 아무 스킬도 사용할 수 없다는 것은 상황에 따라서 정말 크리티컬할 수 있었다.

'셀라무스 전사의 의지 스킬을 사용하기 전에 다른 모든 버프 스킬을 먼저 돌려야 하니 스킬 재사용 대기 시간 관리를 더 잘해야겠고…….'

실수로 셀라무스 전사의 의지 스킬을 먼저 사용하면 20분 동안 아무런 버프도 받지 못한 채 전투를 치러야 하는 것이었다.

이안은 머리를 열심히 굴렸다.

'소환수 소환이나 해제도 20분간은 못 한다는 얘기겠지?'

사실 이안은 이 부분이 가장 마음에 걸렸다.

그는 지금까지 전투 중에 위험한 소환수가 보이면 항상 소환 해제를 통해 소환수들을 보호해 왔었다.

그런데 전사의 의지가 발동되어 있는 상태라면 소환수가 죽게 될 상황이라도 소환 해제를 사용할 수 없는 것이다.

'하지만 확실한 건, 페널티를 감안하고서라도 난 이 스킬을 쓸 수밖에 없을 것이라는 거지.'

이안은 이 스킬의 용도를 정확하게 파악했다.

소환술사가 직접적으로 전투에서 활약할 수 있는 최적화된 상태로 만들어 주는 것, 그게 이 스킬의 역할이었다.

소환술사는 다른 직업들과 달리 모든 종류의 무기를 자유롭게 사용할 수 있었다.

소환술사는 어떤 종류의 무기도 페널티 없이 사용할 수 있는 유일한 직업이었으며, 반대로 직업 보정을 받을 수 있는 전용 무기라는 것도 존재하지 않는 유일한 직업인 것이다.

당연히 무기 특성과 관련된 공격 스킬은 존재하지 않았고, 그렇다면 스킬 사용 불가도 '소환술사의 직접적인 전투'에 한해서는 큰 페널티가 아닌 것이었다.

계속해서 생각에 빠져 있는 이안을 향해 이클립스가 물었다.

-무슨 생각을 그리 오래 하는가?

정신없이 스킬 운용 방법에 대해 생각 중이던 이안은 화들짝 놀라며 대답했다.

"아, 새로 얻은 능력을 어떻게 전투에 활용해야 할지 생각하고 있었어요."

-흐음…… 그렇군. 하지만 아직 자네가 할 일이 끝난 것이 아니니, 조금만 서둘러 주게.

그제야 이 퀘스트가 연계 퀘스트였다는 것을 기억해 낸 이안이 뒷머리를 긁적였다.

"아, 알겠습니다. 잠시만요."

스킬에 대한 생각을 대충 정리한 이안은 이번에는 무기 상자를 꺼내었다.

'여기서는 어지간하면 활이 나왔으면 좋겠는데……'

상자 위에 손을 얹은 이안이 나직한 목소리로 읊조렸다.

"오픈."

그러자 고급스러운 문양으로 포장되어 있던 상자가 허공으로 떠오르더니, 황금빛 기류를 내뿜으며 오픈되었다.

띠링―

―'심판의 무기 상자'를 오픈하셨습니다.

―'정령왕의 심판'을 획득합니다.

정령왕의 심판

분류 : 장창   **등급** : 전설

착용 제한 : S등급 셀라무스 전사

공격력 : 1,825~2,005   **내구도** : 2,254/2,254

옵션 : 모든 전투 능력 +150

　　　 통솔력 +200

　　　 친화력 +150

소환된 모든 소환수의 생명력이 15퍼센트, 공격력이 35퍼센트 증가한다.

*감응

적에게 치명적인 피해를 입힐 시, 20퍼센트의 확률로 소환된 소환수들의 고유 능력 중 하나가 랜덤으로 발동된다.

(신체 조건상 발동 불가능한 능력은 발동되지 않는다.)
*심판의 번개
공격시 10퍼센트의 확률로 '심판의 번개'를 소환할 수 있다.
'심판의 번개'는 '정령 마력'이 높을수록 강한 피해를 입히게 되며, 번개
가 소환된 지점을 기준으로 반경 5미터 이내의 적에게 50퍼센트의 피해
를 추가로 입힌다.
*유저 '이안'에게 귀속된 아이템이다.
다른 유저에게 양도하거나 팔 수 없으며 캐릭터가 죽더라도 드롭되지
않는다.
고대 셀라무스 부족을 수호하던 정령왕의 무기이다.
모든 정령왕의 무기들 중 가장 귀하고 강력한 무기이다.

　　새하얗게 빛나는 '정령왕의 심판'.

　　이안은 창대를 쥔 채로 멍하니 아이템 정보를 읽어 내려
갔다.

　　'이건…… 지금부터라도 창술을 연마해야 될 수준인데?'

　　사실 붙어 있는 부가 옵션은 오래 전 이안이 사용했던 '고
대 소환술사의 강철 너클'과 무척이나 비슷했다.

　　소환된 소환수들의 생명력과 공격력을 뻥튀기시켜 주는
것도 비슷했으며, 특히 소환수들의 고유 능력을 발동시킬 수
있는 '감응'은 완벽히 판박이 능력이라 할 수 있었다.

　　하지만 기본적인 무기 공격력 자체가 너클과는 비교조차
되지 않을 정도로 어마어마했고, 특히 심판의 번개는 당장이
라도 발동시켜 보고 싶어서 몸이 근질거릴 정도였다.

'외형도 완전 내 스타일이잖아?'

날의 끝 부분이 뱀처럼 구부러져 있어 '사모蛇矛'라는 이름이 붙었던 장비의 장팔사모처럼, 번개 모양으로 멋들어지게 구부러져 있는 창날은 이안의 시선을 완벽히 사로잡았다.

이안의 옆에 다가온 이클립스도 한 마디 거들었다.

-이안, 자네 운이 엄청나게 좋군.

무슨 말인지 이해하지 못한 이안은 두 눈을 깜빡이며 되물었다.

"네? 무슨 말이죠?"

이클립스의 말이 이어졌다.

-지금 자네가 손에 들고 있는 그 창 말이야.

"······?"

-심판의 무기 중에 가장 강력하다고 알려진 전설의 무기일세. 심판의 무기를 대표하는 무기라고 생각하면 될 거야.

이안은 새삼스러운 표정이 되어 창을 만지작거렸다.

'심판검이나 심판장궁처럼 따로 무기 종류가 이름에 언급되어 있지 않은 이유가 그 때문인가?'

후웅- 흥-!

창을 이리저리 휘둘러 본 이안은 만족스런 표정으로 고개를 끄덕였다.

"확실히 대단한 무기를 얻은 것 같네요. 잘 쓰겠습니다."

이클립스가 씨익 웃으며 입을 열었다.

－물론 그 창은 지금도 엄청난 위력을 가진 무기이지만, 자네가 마지막 관문까지 통과한다면 몇 가지 능력을 더 부여받을 수 있다네.

 "……!"

 이안은 더욱 의지가 불타오르는 것을 느꼈다.

 '여기에 추가 능력까지 부여받으면 정말 졸업 아이템이겠는데?'

 의욕 넘치는 이안을 보며 이클립스가 피식 웃었다.

 －이제 좋은 무기도 얻었으니. 다음 관문을 알려 줘야겠군.

 이안은 자신감 넘치는 목소리로 대답했다.

 "물론입니다. 어떤 관문이든 통과해 보이도록 하죠."

 하지만 다음 순간 이안은 적잖이 당황할 수밖에 없었다.

 －하지만 지금 바로 도전할 수는 없을 거야.

 "네? 그게 무슨……?"

 －S등급의 관문은 이곳에 없기 때문이지.

 "……?"

 의아한 표정을 짓고 있는 이안의 눈앞에 새로운 퀘스트 알림창이 떠올랐다.

 띠링－.

셀라무스 부족의 시험(히든, 연계 퀘스트)

당신은 셀라무스 부족의 수호자인 이클립스로부터 최고의 등급인 S등급 전사임을 인정받았고, 역대 최고의 성적을 거두었다.

이제 당신은 누구도 도전한 적 없었던 임무에 도전해야 한다.
셀라무스 부족 제단의 비룡飛龍을 깨우면, 그가 당신을 인도해 줄 것이다.
퀘스트 난이도 : SSS
퀘스트 조건 : 이클립스가 인정한 S등급의 셀라무스 전사.
　　　　　　　레벨 200이상의 소환술사 유저.
제한 시간 : 없음.
보상 : '정령왕의 심판' 무기의 진화.
　　　　'정령왕 소환' 마법진.

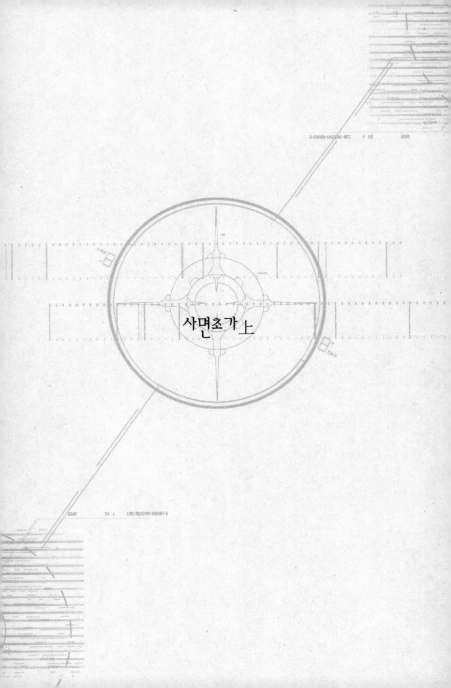

사면초가 上

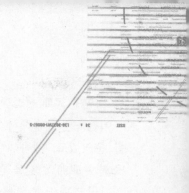

　최근 북부 대륙 최고의 핫 플레이스라고 할 수 있는 로터스 영지.

　그리고 그 안에서도 가장 큰 화제의 중심지는 바로 로터스 조련소였다.

　카일란 내의 조련소 중 유일하게 시설 레벨을 최대까지 올려놓은 이곳은 로터스 길드의 가장 큰 자금줄이었다.

　"후후, 이거 정말 흥미로운 정보란 말이지."

　머리가 희끗희끗한 노인 한 명이 조련소 사무실 한쪽 구석에서 새끼 늑대 두 마리를 번갈아 쓰다듬으며 뭔가를 노트에 적고 있었다.

　그리고 그는 다름 아닌 이진욱 교수였다.

"소환수 교배 시스템 연구가 이렇게 재밌을 줄이야."

이진욱은 계속해서 로터스 조련소 안에 거주하며 조련소를 운영했고, 계속해서 소환수들과 부대끼며 지내다 보니 '소환수 교배' 스킬을 얻을 수 있었다.

그리고 교배 스킬을 얻은 뒤부터, 그는 하루 종일 그와 관련된 연구를 하고 있었다.

'처음에 진성이 녀석이 제안했을 때만 해도 이렇게 재밌을 줄은 몰랐는데 말이지.'

그는 이안으로부터 그간의 소환수 능력치에 대한 연구 논문을 넘겨받았고, 그것을 토대로 교배 시 얻을 수 있는 새로운 개체의 능력치가 어떻게 형성되는지를 분석하고 있었다.

"어디 보자, 늑돌이A의 공격력 성장률이 3.25 정도, 방어력 성장률은 1.7 정도."

소환수들의 레벨별 능력치와 성장률이 노트에 빼곡하게 적혀 있었다.

여기서 성장률이란, 소환수가 레벨 업 시 상승하는 능력치의 평균을 의미했다.

"넌 공격력이랑 순발력이 엄마를 닮았구나."

이진욱은 새끼 늑대를 쓰다듬으며 중얼거렸다.

그의 대사는 누가 본다면 어이없는 표정을 지을 만한, 그런 내용이었다.

"방어력은 아빠를 닮은 것 같고, 성격이랑 잠재력도 아빠를 닮았네?"

이진욱이 중얼거리며 계속해서 노트를 분석하고 있을 때, 문이 벌컥 열리며 누군가가 안으로 들어왔다.

그리고 조용하던 방 안에 낭랑한 목소리가 울려 퍼졌다.

"아니, 교수님, 눈코입이 닮은 것도 아니고 방어력이 닮았다니요. 교수님도 진성이 닮아 가시는 거예요?"

목소리의 주인공은 바로 하린이었다.

"허허, 하린이 왔냐?"

자신의 핀잔에도 껄껄 웃으며 노트에서 눈을 떼지 않는 이진욱을 보며, 하린은 한숨을 푹 쉬었다.

"오랜만에 뵈었더니 한층 더 진성이화되셨네요. 게임 중독자가 따로 없어."

하린의 말에 이진욱은 피식 웃었다.

"난 아직 진성이를 따라가려면 멀었지. 이제 막 게임 연구의 재미에 눈을 뜨기 시작한걸, 껄껄."

하린은 고개를 절레절레 저으며 시선을 옮겼다.

그리고 그녀의 시선이 닿은 곳에는, 이진욱이 메모해 놓은 알 수 없는 암호들이 빼곡하게 붙어 있었다.

"교수님, 이게 다 뭐예요?"

하린의 물음에 이진욱은 펜을 내려놓고 천천히 고개를 들었다.

"후후, 같은 종류의 소환수 중에 가장 훌륭한 개체를 뽑아 내기 위한 빅 데이터라고나 할까."

그의 말에 하린은 의아한 표정이 되었다.

"네? 그게 무슨 말이에요? 같은 소환수가 능력치가 다를
수가 있어요?"

하린은 사제이자 요리사였고, 당연히 소환술사 클래스의
전문 지식에 대해서는 문외한일 수밖에 없었다.

이진욱의 말이 이어졌다.

"사람이 각자 가지고 있는 능력이 다른 것처럼, 카일란 내
의 소환수들도 각기 다른 능력치를 갖고 있단다. 내가 지금
하는 연구는, 교배를 통해서 가장 우수한 개체를 얻기 위한
연구라고 할 수 있지."

이진욱은 신이 나서 자신이 지금껏 연구했던 내용을 풀어
놓기 시작했다.

"오, 그래요?"

하린도 처음에는 흥미롭게 그의 설명을 듣기 시작했다.

하지만 5분도 채 지나지 않아서 고개를 절레절레 저으며
일어날 수밖에 없었다.

'하…… 교수님, 정말 소환수 교배 가지고 논문이라도 한
편 쓰실 생각이신가 보네.'

어떤 면에서는 이안보다도 더 지독한 집념을 가진 이진욱
이었다.

그리고 실제로 그의 연구는 제법 커다란 성과를 거두고 있

었다.

이진욱은 서랍에서 노트 하나를 꺼내어 펼쳐 보았다.

노트에는 가지런한 글씨체로 번호까지 매겨진 정보들이 주르륵 나열되어 있었다.

1. 교배로 태어난 소환수의 능력치는 확실히 부모가 되는 개체의 능력치에 영향을 받는다.

2. 교배로 태어난 소환수의 전투 능력치 중 랜덤으로 두 종류의 능력치는 부모로부터 물려받게 되며, 나머지 두 종류의 능력치는 교배 환경에 영향을 받는다.

3. 교배로 태어난 소환수의 잠재력은 일정 확률로 수컷 개체로부터 물려받는다.

그것은 바로 이진욱이 밝혀낸 교배의 원리가 정리된 노트였다.

하지만 하린은 고개를 픽 돌려 버렸다.

"으, 교수님, 마치 중간고사 시험 범위 보는 것 같아요."

이진욱은 껄껄 웃을 뿐이었다.

"허허, 그래? 요리과의 중간고사 범위에는 이렇게 재밌는 내용들이 많이 들어 있단 말이지?"

"……."

할 말이 없어진 하린은 그저 고개를 절레절레 흔들 뿐이었고, 이진욱은 혼자서 신이 난 목소리로 중얼거렸다.

"그나저나 우리 진성이는 언제 여기 한번 들르려나. 이 노트를 얼른 보여 주고 싶은데. 분명 엄청나게 좋아할 텐데 말이야."

하린은 진성이 좋아할 리 없을 거라며 반박하고 싶었지만, 입을 꾹 다물었다.

'왠지 정말로 좋아할 것 같단 말이야.'

이진욱 교수에게 부탁해 진성의 게임 플레이 타임을 조금이라도 줄여 보려 했던 하린의 계획은, 시작해 보기도 전에 물거품으로 돌아가고 말았다.

"하아암."

기지개를 켜며 침대에서 일어난 진성은 시간을 확인하고는 눈살을 찌푸렸다.

"으아…… 생각지도 못한 퀘스트 때문에 시간을 너무 많이 썼네."

셀라무스 부족 시험의 추가 연계 퀘스트는 당연히 시작도 해 보지 못했다.

다른 조건들은 다 제하더라도 레벨 제한이 200이었으니까.

이클립스의 말에 의하면 획득한 전사 등급에 따라 연계 퀘스트의 난이도가 결정되는데, 이안이 너무 높은 등급을 얻어서 말도 안 되게 높은 레벨 제한이 생긴 것이라고 했다.

'오히려 잘된 것일지도. 어차피 당장 퀘스트를 진행할 수 있었다고 하더라도 시간이 부족했을 테지.'

연계 퀘스트까지 진행되었더라면, 못해도 며칠은 더 시간이 소요됐으리라.

그리고 카이몬 제국 연합군이 진성이 퀘스트가 끝나기까지 기다려 줄 리는 없었다.

진성은 마음이 급해졌다.

'이제 연합군이 쳐들어 올 때가 됐는데……'

분명 오늘이나 내일 중으로 연합군의 총공세가 있을 것이었고, 진성은 그 전에 두 눈으로 영지 방어선의 전반적인 부분을 점검하고 싶었다.

"그래, 뭐 아침밥 한 번 거른다고 사람이 죽지는 않을 테니까."

간단하게 씨리얼이라도 먹으려 했던 진성은, 마음을 바꾸고는 캡슐로 들어갔다.

진성이 능숙하게 자세를 잡고 캡슐에 몸을 누이자 캡슐의 문이 스르르 닫혔다.

-카일란의 세계에 오신 것을 환영합니다.

-소환술사 '이안' 님, 즐거운 시간 되십시오.

멘트는 접속할 때마다 미묘하게 바뀌었다.

문득 신기함을 느꼈던 진성은 피식 웃으며 속으로 중얼거렸다.

'NPC마다 다 다른 인공지능을 가지고 있는데 이 정도 쯤이야 아무것도 아니겠지.'

게임에 접속한 이안은 주변을 둘러보았다.

이안이 접속된 곳은 사막에 임시로 만들어진 야영지였다.

그리고 이안을 반기는 익숙한 목소리가 들려왔다.

"일어났냐, 영주 놈아?"

뒤쪽에서 들려오는 낯익은 목소리에, 이안은 살짝 인상을 썼다.

"영주님이라고는 언제 해 줄 거냐, 가신님아."

"글쎄…… 내가 널 그렇게 부르게 될 날이 오긴 할까?"

카이자르의 비아냥에 발끈하려던 이안은, 문득 그의 충성도가 궁금해졌다.

'이번 퀘스트로 인해서 조금은 올랐으려나?'

이안은 가신 정보 창을 열어 보았다.

그리고 속으로 한숨을 푹 쉬었다.

'개미 발자국만큼이지만 오르기는 했네.'

카이자르의 충성도는 이제 100분의 10.

'그래도 두 자리 수가 된 건 처음이니까 만족해야 하나?'

이나마 오른 것도, 이클립스를 상대로 선전했기 때문일 것이다.

"자, 이제 영지로 돌아가 볼까?"

이안의 말에 세리아와 폴린이 동시에 대답했다.

"예, 영주님!"

이안은 가신들을 이끌고 빠르게 이동하기 시작했다.

한시라도 빨리 영지에 돌아가 요새를 점검해야 했다.

'다른 길드원들은 지금 뭐 하고 있으려나?'

이안은 쉴 새 없이 걸음을 옮기며 길드 채팅창을 열어 메시지를 보냈다.

-이안 : 다들 어제 별일 없으셨죠?

-피올란 : 네, 뭐. 별일은 없었네요. 그나저나 이안 님은 어제 종일 퀘스트하신 거예요? 저녁 길드 사냥도 불참하시고…….

-이안 : 네. 생각보다 퀘스트가 좀 오래 걸려서요. 그나저나 카이몬 제국군 쪽은 아직 움직임 없나요?

-클로반 : 아직까지는 잠잠한 것 같다. 하지만 이제 곧 쳐들어 올 거야. 이제 우리 영지 말고는 전방 거점지가 전부 다 점령당했거든.

-이안 : 아하, 그렇군요. 지금 길드 채팅창 보고 계신 분들, 접속 안한 길드원들 전부 접속하라고 좀 해 주세요. 오늘이랑 내일은 최대한 접속 상태 유지해야 해요.

-카윈 : 네, 알겠슴다.

-헤르스 : 나도 방금 접속했다. 빨리 영지로 돌아와라. 이것저것 상의할 게 좀 있어.

―이안 : 오케이.

채팅창을 끈 이안은 지도를 확인하며 영지를 향해 최단거리로 움직였다.

접속했던 야영지와 파이로 영지는 그리 먼 거리에 위치해 있지 않았기 때문에, 얼마 지나지 않아 이안은 영지에 도착할 수 있었다.

그런데 그때, 이안의 시야에 수상한 그림자가 하나 들어왔다.

'누구지? 어떻게 저쪽에서 나타나는 거지? 길드원인가?'

요새 성벽의 첨탑 밑, 귀퉁이에서 나타나 유유히 어디론가 사라지는 검정색 그림자.

'저쪽에는 통로가 없을 텐데……?'

파이로 영지의 요새 설계에 직접적으로 참여한 이안은, 요새의 모든 구조를 알고 있었다.

그렇기 때문에 정상적인 경우라면 첨탑 근처에서 누군가가 나타날 리 없다는 것을 잘 알고 있었다.

수상한 낌새를 느낀 이안은 곧바로 할리를 소환했다.

"할리, 소환!"

크르릉―!

재빨리 할리의 등에 올라탄 이안은 카이자르를 향해 말했다.

"카이자르, 폴린이랑 세리아 데리고 먼저 영지에 들어가 있어."

이안의 말에 카이자르는 대수롭지 않은 표정으로 고개를 끄덕였다.

"알겠다. 그러도록 하지."

그리고 이안은 카이자르의 대답이 돌아오기도 전에 할리를 타고 달리기 시작했다.

"할리, 바람의 가호!"

할리의 민첩성 극대화 고유 능력까지 발동시킨 이안은 빠르게 검정색 그림자와의 거리를 좁혔다.

그리고 어디론가 향하던 그림자는 이안이 쫓아오는 것을 느꼈는지 그 자리에 우뚝 섰다.

가까워질수록 한 남자의 인영이 드러났다.

'뭐지? 암살자인가?'

검정색 도복과 복면을 비롯해 온몸을 검은 빛으로 도배한 사내는, 이안을 마주본 채 우뚝 서 있었다.

탓-.

남자가 도망갈 생각이 없음을 느낀 이안은 할리의 등에서 내려 상대를 노려보았다.

"넌, 누구지?"

이안은 이클립스와 사투를 벌인 대가로 얻은 '정령왕의 심판'을 빼어 들었다.

당장이라도 창을 휘두를 듯 험악한 기세를 뿜어내는 이안을 보며, 남자는 실소를 흘렸다.

"할리칸을 타고 다니는 소환술사라……. 네놈이 바로 그 유명한 '이안'이겠군."

남자는 씨익 웃으며 등 뒤로 손을 뻗어 무기를 꺼내 들었다.

그의 양손에 들린 것은 햇빛에 반사되어 새하얗게 빛나는, 커다란 쌍륜雙輪이었다.

이안은 한 발짝 앞으로 다가서며 다시 입을 열었다.

"묻는 말부터 먼저 대답해 줬으면 좋겠는데."

하지만 이안의 위협에도 전혀 위축되지 않은 상대는, 자세를 낮추며 이안의 두 눈을 응시했다.

"궁금하다면, 그쪽 능력으로 한번 알아내 보시든가."

이안은 상대에 대한 정보를 파악하기 위해 열심히 머리를 굴렸다.

'일단 착용하고 있는 아이템만 봐도 암살자라는 건 확실히 알 수 있는데…….'

이안의 정체를 알아차리고도 여유롭게 앞을 막아설 수 있을 정도의 암살자.

이안이 알기로 그 정도의 능력을 가진 암살자는 카일란 내에 몇 없었다.

사실 가신들을 먼저 보내 버린 것도 그런 이유 때문이었다.

신규 클래스인 암살자 중에서 이안 자신의 상대가 될 만한 유저는 없으리라 확신했기 때문.

　어차피 혼자서도 상대할 자신이 있는데 괜히 가신들을 끌고 왔다가 상대가 도망가기라도 하면, 이안으로서는 도주하는 암살자를 잡을 방법이 없었다.

　'일단 루스펠 제국 안에서는 한 명뿐인 것 같고……. 예전에 루키 리그에서 날 이겼던 놈, 이름이 림롱이었나?'

　하지만 이안이 생각하기에 루스펠 제국 소속의 암살자가 파이로 영지의 방어 요새를 염탐할 이유는 하나도 없었기에, 림롱에 대한 생각은 금세 접어 버렸다.

　'카이몬 제국의 암살자라면 타이탄 길드 소속인 유저가 유명하다고 들었는데…….'

　현재 공식적인 암살자 랭킹 1위는 타이탄 길드 소속이었고, 그의 레벨은 이안이 알기로 140 초반 정도였다.

　'그놈이라면 내 앞에서도 자신만만할 만하지.'

　이안의 레벨은 150이 넘었지만, 대외적으로는 알려져 있지 않았다.

　그리고 아무리 이안의 전투 능력이 뛰어나다고 해도, 대인 PVP에 강점을 가지고 있는 암살자라면, 레벨이 조금 낮더라도 위축되지 않는 것이 당연한 것일지도 몰랐다.

　이안이 이런저런 생각을 하며 상대를 탐색하던 그때, 암살자가 쌍륜을 휘두르며 이안을 향해 달려들었다.

　타탓-!

그는 가벼운 발소리와 함께 순식간에 이안과의 거리를 좁혀 왔다.

이전 같았으면 우선적으로 거리를 벌리는 데 신경 썼겠지만, 이안에게는 믿는 구석이 생겼다.

"소환!"

일단 빠르게 모든 소환수들을 소환하고 버프 스킬을 캐스팅한 이안은, 지체 없이 새로 얻은 스킬인 '셀라무스 전사의 의지'를 사용했다.

-'셀라무스 전사의 의지' 스킬을 사용합니다.

-20분간 모든 전투 능력치가 40퍼센트만큼 상승합니다.

-생산 능력치를 하나의 전투 능력치에 전부 집중시킬 수 있습니다. 능력을 선택해 주세요.

까앙-!

그새 달려든 암살자의 공격을 막아 낸 이안은, 뒤로 물러서며 스킬을 마저 설정했다.

"민첩에 투자한다!"

-'민첩' 능력치가 대폭 증가합니다.

-모든 무기에 대한 숙련도가 15레벨만큼 증가합니다.

-사용 중인 무기와 관련된 숙련도인 '창술'의 레벨이 중급 5레벨로 설정됩니다.

메시지가 떠오름과 동시에 이안의 온몸에 황금빛 빛줄기가 휘감겼다.

창대를 고쳐 쥐는 이안을 보며, 남자가 비웃음을 흘렸다.

"소환술사 주제에 근접전이라도 펼치려는 건가?"

이안은 고개를 끄덕이며 씨익 웃었다.

"그렇다면?"

"후회하게 될 거다."

짧게 대답한 그는 다시금 이안을 향해 달려들었고, 이안은 창을 휘두르며 그에 맞서 싸우기 시작했다.

깡- 까강-!

검날과 창극이 맞부딪치며 쇳소리가 울려 퍼졌다.

두 사람은 순식간에 여러 합의 공방을 주고받았다.

퍼엉-!

강한 공격이 서로 맞물리며 반동으로 인해 두 사람 사이의 거리가 멀어지자, 라이를 비롯한 소환수들이 남자를 공격하기 시작했다.

몸집이 크고 공격 속도가 느린 빡빡이는 암살자에게 별다른 피해를 입힐 수 없었지만, 반면에 라이와 핀의 합공은 무척이나 정교하고 위협적이었다.

좌아악-!

-소환수 '라이'가 (알 수 없음)에게 치명적인 피해를 입혔습니다.

-(알 수 없음)의 생명력이 13,253만큼 감소합니다.

-소환수 '핀'이 (알 수 없음)에게 피해를 입혔습니다.

-(알 수 없음)의 생명력이 10,233만큼 감소합니다.

그리고 공방을 주고받던 이안의 두 눈이 살짝 가늘어졌다.

'뭐지? 루스펠 제국 유저잖아?'

떠오르는 시스템 메시지를 통해 암살자의 국적을 알 수 있었던 것이었다.

만약 카이몬 제국의 국적을 가진 유저라면, 시스템 메시지에 '카이몬 제국의 유저(알 수 없음)'이라고 떠오르게 되는데, 그러한 언급이 없다는 것은, 루스펠 제국의 유저라는 방증이었다.

'국적은 비공개 처리가 안 될 테니 확실히 루스펠 제국 소속일텐데, 대체 루스펠 소속의 유저가 염탐을 왜 시도하는 거지? 우리 영지 따라서 요새 설계라도 하려는 건가?'

이안의 생각에 가장 가능성이 큰 가설은, 카이몬 제국 측에 사주를 받은 '세작'일 확률이 높다는 것이었다.

아무래도 영지 내부까지는 자유롭게 들어갈 수 있는 루스펠 제국 국적의 유저가 요새에 접근하기 더 쉬운 것은 사실이었으니까.

한편 이안이 이런저런 생각을 하는 동안, 전투는 점점 막바지를 향해 달려가고 있었다. 암살자의 생명력 게이지 바가 천천히 깜빡이기 시작한 것이었다.

반면에 이안은 거의 피해가 전무했다.

뒤로 물러서 거리를 벌린 암살자가 중얼거리듯 말했다.

"놀랍군. 이 정도까지 강할 줄이야. 과장된 부분이 많을 것이라 생각했는데 말이지."

이안은 혀를 차며 대답했다.

"쯧쯧, 뭐, 알았으면 이제 순순히 항복하는 게 어때? 난 네가 어디서 온 놈인지 알고 싶거든."

사실 이안으로서는 전력을 다하지도 않았기 때문에 어이가 없었다.

'라이 하나도 제대로 감당 못 할 것 같은 녀석이 가오는 오지게 잡네.'

몸놀림이나 전투 감각은 뛰어나 보였지만, 특별한 스킬이나 변칙적인 공격이 없었기 때문에 상대하기 너무 쉬웠던 것이었다.

암살자가 이안을 응시하며 다시 입을 열었다.

"아쉽지만 오늘은 여기까지 해야 할 것 같군."

그 말에 이안이 씨익 웃었다.

"누가 그냥 보내 준대?"

이안의 말이 끝나자마자 소환수들이 그의 주위를 둘러쌌다.

하지만 남자는 여전히 여유로웠다.

"디텍팅 포션이라도 있는 모양이군."

디텍팅 포션이란 복용 시 일정 시간 동안 은신 중인 상대를 볼 수 있게 만들어 주는 아이템이었고, 그의 예상대로 이안은 그것을 가지고 있었다.

이안은 인벤토리에서 포션을 꺼내들어 보이며 고개를 끄

덕였다.

"물론. 그러니 자발적으로 정체를 밝히는 게 좋을 거야. 보아하니 장비도 좋아 보이는데, 죽어서 하나라도 떨구면 억울하지 않겠어?"

하지만 그는 이안을 비웃기라도 하듯, 마법 스크롤 한 장을 꺼내어 들더니 팔랑거렸다.

"미안하지만 오늘은 날 잡을 수 없을 거야."

그리고 이안이 미처 손쓰기도 전에 스크롤을 쭈욱 찢었다.

"제기랄."

그의 몸은 보랏빛의 기류에 휘감기며 허공으로 유유히 사라져 버렸고, 이안은 입맛을 다셨다.

"쩝, 요즘은 귀환 스크롤을 개나 소나 다 쓰네."

남자가 사용한 스크롤은, 다크루나 길드의 길드마스터인 이라한이 사용했던 스크롤과 같은 종류의 것이었다.

물론 광역 귀환 스크롤은 아니었기에 이라한이 썼던 물건보다는 훨씬 저렴했지만, 그래도 한두 푼 하는 것은 아니었다.

"기분 나쁘네. 아무래도 세작이겠지?"

이안이 중얼거리듯 하는 말에, 옆에 있던 라이가 대답했다.

—그런 것 같다. 확실히 뭔가 이상하다. 주인.

"뭐가?"

—전투 실력은 엄청 뛰어난 것 같은데, 가장 기본적인 암살자 공용 스킬 외에는 사용하지 않는다.

그 말에 이안이 고개를 끄덕였다.

"나도 느꼈어. 정체를 숨기려고 하는 거겠지. 히든 클래스라도 가지고 있는 놈이라면, 주력 스킬을 사용하는 순간 정체가 탄로 날 테니까."

걸음을 돌린 이안은 서둘러 영지 안으로 들어갔다.

'요새 내부 구조를 알아내려고 하는 세력이 있다는 말이지? 경계를 더 철저히 해야겠어. 디텍팅 타워라도 더 지어야 하나?'

이안이 서둘러 영지로 돌아간 그날.

그의 염려처럼 곧바로 공세가 시작되지는 않았지만, 카이몬 제국의 연합군은 슬슬 움직이기 시작했다.

카일란 내에서 여태 펼쳐졌던 수많은 공성전들 중에 단연 최고의 규모였다.

이러한 움직임이 포착되자 공식 커뮤니티와 방송에서는 벌써 난리가 난 상태였다. 특히 공식 커뮤니티의 메인 페이지에는 벌써 전투의 양상이나 양측 전력에 대해 분석해 놓은 글들이 자극적인 제목으로 올라와 있었다.

－루스펠 제국의 마지막 희망! 과연 파이로 영지는 카이몬의 5만 대군

을 막아 낼 수 있을 것인가.

　-루스펠 제국의 '안시성' 파이로 요새를 무력하게 카이몬에 내어 준 루스펠 3대 길드.

　-가상현실 게임 역사상 가장 큰 대규모 공성전! 그 배경을 낱낱이 파헤친다.

　당연히 카일란을 플레이하는 유저라면 누구나 이 대규모 공성전에 관심을 가질 수밖에 없었고, 게시판이나 채팅창 같은 곳은 곧 벌어질 대규모 공성전과 관련된 이슈들로 갑론을박이 벌어지고 있었다.

　그리고 그 이슈들 중 가장 핫한 것은, 루스펠 제국 거대 길드들의 '무능함'에 관한 이야기였다.

　-아니, 님들. 난 카이몬 국적이라 상관없긴 한데, 솔직히 루스펠 거대 길드들 하는 게 뭐임? 동부 대륙 콘텐츠들은 죄다 선점해 놓고 중부 대륙 열려서 제대로 싸움 나니까 빌빌거리기만 하네.

　-에휴, 그러니까요. 제 말이⋯⋯. 밥값을 못 해요 밥값을.

　-그나저나 진짜 이상하네요. 순위도 한참 떨어지는 로터스 길드가 저렇게 버티고 있는데, 대체 규모도 훨씬 큰 돼지들이 왜 후방으로 죄다 빠져서 숨어 있는 거임? 이해가 안 되네.

　-윗 님, 로터스가 버티고 있는지는 이번 공성전 지나 봐야 아는 거죠.

　- 아니. 일단 다크루나 한 번 막은 것만 해도 충분히 버틴 거죠. 다른

길드 한 서너 군데만 로터스처럼 막아 줬어도, 최소한 중앙 지역에서 이렇게 밀리지는 않았을 것 아닙니까.

─에휴, 지금이라도 로터스 길드 도와서 어떻게든 막아 냈으면 좋겠는데…….

─지금은 이미 늦었네요. 파이로 영지는 어차피 뺏길 거고, 후방에서 얼마나 잘 막아 주느냐가 관건인 듯합니다.

─로터스가 그래도 최대한 오래 막았으면 좋겠네요. 이안 님, 파이팅!

한편, 파이로 영지 내부에 있는 로터스 길드원들은 무척이나 분주하게 움직이고 있었다. 수성전이 시작되기 전 조금이라도 방어력을 올려놓을 필요가 있었기 때문이었다.

헤르스가 병영의 관리소에서 나오는 카윈에게 다가가 물었다.

"어이, 카윈아. 지금 병영에서 훈련 중인 병력, 오늘 내로 훈련 끝나겠어?"

"음…… 조금 빠듯할 것 같아. 아마 내일 해 뜨기 전까지는 끝나지 싶은데."

헤르스의 표정이 살짝 찌푸려졌다.

"으음…… 곤란한데."

"왜?"

"이제 카이몬 제국군이 진형 거의 다 갖추기 시작했더라고. 빠르면 오늘 밤에도 공성전이 시작될 수 있을 것도 같아서······."

두 사람이 대화하던 그때, 어느새 다가온 이안이 불쑥 끼어들었다.

"아니, 그건 걱정할 필요 없을 것 같아."

"응? 어째서?"

이안은 시간을 한번 확인하면서 말을 이었다.

"지금 상황으로 봐선 쟤들 공격 가능한 타이밍이 아무리 빨라도 10시나 11시 정돈데, 그때 공성전 시작되면 내일 직장인들 출근 어떻게 하나? 최소 5시간은 잡아야 할 텐데."

"아······?"

이안의 논리는 제법 설득력이 있었고, 카윈이 고개를 주억거리며 한 마디 덧붙였다.

"우리야 방학이지만 직장인은 방학이 없으니까······."

물론 최상위 랭커들의 절반 이상은 게임 자체가 직업인 이들도 많았지만, 그래도 전체로 놓고 보자면 그렇지 않은 인원의 비율이 더 많을 것이었다.

헤르스가 입을 열었다.

"무튼 네 말대로 오늘 전투가 시작되지 않으면 다행이네. 난 질 땐 지더라도 철갑기병은 꼭 써 보고 싶었거든."

헤르스가 카윈에게 물었던 훈련 중인 병력은 무려 3차 업그레이드까지 마친 병영에서 생산할 수 있는 병력인 철갑기병이었다.

철갑기병은 기본 레벨이 170에 달했으며, 한 기가 어지간한 유저 하나의 몫은 해 줄 수 있는 강력한 병력이었다.

이안이 카윈을 향해 물었다.

"카윈아, 이번에 생산되는 총 병력이 몇 기인데?"

"음…… 아마 500기 정도 될 거야."

이안의 시선이 이번에는 헤르스를 향해 넘어갔다.

"그럼 기존 병력들과 다 합치면 우리도 한 3~4천 정도는 이제 보유한 건가?"

헤르스가 고개를 저었다.

"아니, 내 계산대로면 7천 정도 되지 싶은데?"

"음? 대체 어떻게 그만큼 숫자가 되는 거야?"

생각지도 못한 대답에 이안은 벙 찐 표정을 지었다.

그리고 그에 대한 대답은 피올란이 해 주었다.

"제법 든든한 지원군이 생겼거든요."

"……?"

의아한 표정을 한 이안을 비롯해, 세 사람의 시선이 피올란의 목소리가 들려온 방향을 향해 움직였다.

그리고 그곳에는 피올란 외에도 몇몇 사람이 더 서 있었다.

이안의 시선이 그들 중 가장 앞쪽에 서 있는 한 사내를 향해 고정되었다.

'누구지? 어디서 본 적이 있는 사람인 것 같은데…….'

군청색으로 반짝반짝 빛나는 고급 갑주를 온몸에 두르고

있는 사내가 앞으로 걸어 나오며 이안에게 손을 내밀었다.

"처음 뵙겠습니다, 이안 님."

대충 보아도 최상급의 랭커임이 분명해 보이는 남자의 인사에 이안은 얼떨결에 손을 맞잡으며 그에게 물었다.

"누구……시죠?"

그가 입을 열어 대답하려는 찰나, 뒤에 있던 카윈이 먼저 입을 열었다.

"로이첸 님? 로이첸 님, 맞으시죠?"

남자는 웃으며 천천히 고개를 끄덕였다.

"마스터 헤르스 님께 허락을 받아, 우리 벨리언트 길드가 이번 수성전을 돕기로 했습니다."

살짝 고개를 숙여 보이는 로이첸.

그리고 그런 그를 보며 이안의 두 눈이 빛났다.

'벨리언트! 잘하면 이번 수성전…… 정말 끝까지 버텨 낼 수도 있겠어!'

이안은 천군만마를 얻은 기분이 되어 로이첸에게 마주 고개를 숙여 보였다.

"어려운 결정 해 주셔서 정말 감사합니다, 로이첸 님."

루스펠 제국의 거대 길드들은 여러 번의 회의를 거쳐 로터스 길드의 파이로 영지를 카이몬에 내어 주자는 암묵적인 결론을 내린 상태였다.

하지만 로이첸은 결국 그 결정에 동의할 수 없었다.

'언제가 될지는 모르지만 최소 단일 길드가 대영지와 공국을 넘어 왕국의 단계까지 성장하기 전까지는 계속해서 두 거대 제국 간의 전쟁 구도가 지속될 거야.'

두 거대 제국의 대립 구도가 지속되는 한, 세력 싸움에서 밀린다면 지속적으로 불이익을 받을 수밖에 없다.

특히 중립 지역인 중부 대륙의 대부분을 빼앗긴다면 성장 측면에서 앞으로 카이몬 제국과의 차이가 계속 벌어질 게 분명했다.

'로터스 길드와 파이로 영지마저 이대로 버려진다면 루스펠 제국의 중상위권 길드들은 상위 길드들에 대한 신뢰를 완전히 잃어버리겠지.'

그것은 곧 제국 내 분열로 이어질 것이고, 그렇게 된다면 최악의 결과가 도출될 것이었다.

'우리 길드라도 나서서 로터스를 도와야 해.'

로이첸은 길드 전체 회의를 열었고, 현재 상황을 정확히 설명한 뒤 길드원들의 의견을 취합했다.

기본적으로 패배할 확률이 높은, 아니 패배가 거의 확실한 구도인 전투였다.

그런 전투를 지원하자는 얘기에 길드원들이 달가워할 리

없었지만, 로이첸은 결국 길드원들을 전원 설득해 내는 데 성공했다.

물론 100퍼센트 대의적 차원의 이유만으로 설득한 것은 아니었다.

로이첸이 길드원들을 설득할 수 있었던 데는 몇 가지 이유가 더 있었다.

첫째로 평소에 벨리언트 길드는 나머지 두 길드와 관계가 썩 좋은 편이 아니었다.

벨리언트 길드의 길드원들은 대부분 순수하게 게임을 즐기는 데 목적을 둔 유저들로 구성이 되어 있는데 반해, 오클란 길드와 스플렌더 길드는 철저히 손익을 따져 가며 플레이하는 직업성 게이머들이 주를 이뤘기 때문이었다.

물론 그게 나쁜 것은 아니었지만 평소에 벨리언트의 길드원들은 오클란과 스플렌더의 약삭빠른 처세가 마음에 들지 않았던 것이다.

둘째로는 '명분'이었다.

이 전투를 지원한다면, 실질적인 이득은 없더라도 루스펠 제국 내에서 벨리언트 길드의 인지도가 더 올라갈 것이었다.

또한 현재 커뮤니티를 중심으로 퍼지고 있는 거대 길드에 대한 비난도 피해갈 수 있을 것이었다.

마지막으로는, 생각보다 강력한 로터스 길드의 '전력'이었다.

헤르스를 통해 알게 된 파이로 영지에 구축된 방어 전력의 수준은 벨리언트 길드원들의 마음을 동하게 했다.

　질 때는 지더라도 허무하게 질 것 같지는 않다는 생각이 든 것이다.

　어느 정도 팽팽한 전투를 지속시킬 수 있다면 이 정도의 대규모 전투에서는 얻는 것도 많을 것이었고, 그렇게 되면 데스 페널티를 입더라도 본전을 찾을 수 있을 것 같다는 계산이 가능했다.

　죽어서 잃어버릴 아이템과 경험치 만큼, 싸움으로 전리품을 획득하면 되는 것이었으니까.

　'정말 재밌는 전투가 될 수 있겠어. 어쨌든 결론은 내려졌고, 그렇다면 더 이상 재고 따질 것은 없지.'

　다른 거대 길드들에게 통보도 내려놓은 상태였다.

　오클란 길드의 마스터인 사무엘 진만이 우려를 표했지만, 적극적으로 벨리언트 길드를 막는 이들은 없었다.

　오히려 경쟁 길드인 벨리언트가 로터스를 돕는답시고 피해를 입을 것으로 생각한 길드들은 쌍수를 들고 환영하는 분위기였다.

　그렇게 극적으로 벨리언트 길드의 정예 병력이 파이로 영지에 합류하게 되었고, 로터스를 돕겠다며 손을 내민 것은 벨리언트 뿐만이 아니었다.

　최전방의 거점지를 잃은 수많은 중상위권 길드의 유저들

또한 로터스를 돕기 위해 파이로 영지에 하나둘 모여 들었다. 그렇게 모인 병력은 거의 1만에 육박했으며, 밤이 깊어갈수록 인원은 계속해서 늘어났다.

둥- 둥- 둥-.

사막의 뙤약볕이 내리쬐는 아침.

전고의 커다란 소리가 울려 퍼지며, 카일란 전체의 이목이 집중되어 있는 대규모 공성전이 시작되고 있었다.

전투가 시작되기 직전, 카이몬 제국에 모인 연합군의 병력은 총 13만이었다.

파이로 영지에 모인 방어군의 숫자도 1만 5천으로 결코 적은 수치가 아니었으나, 13만의 병력에 비하면 정말 볼품 없는 수준이라 할 수 있었다.

저벅저벅-.

발 맞춰 움직이는 10만 대군의 모습은 가히 장관이라 할 수 있었고, 긴장이 감도는 이 사막의 하늘에는 수많은 촬영 수정이 둥둥 떠다니고 있었다.

위이잉-.

이번 전투는 특정 길드 대 길드의 전투라고 할 수 없는 성격이었기 때문에, 딱히 촬영에 제한이 없었다.

그렇기 때문에 개인적으로 영상을 촬영하고 싶어 하는 유저들도 촬영 수정을 띄운 것이었다.

촬영 수정은 무척 비싼 가격이었고, 전쟁 중에 무리해서 촬영을 시도하다가 파괴될 위험도 있었다.

하지만 그것을 감수하고라도, 이 전투는 영상으로 담을 가치가 충분히 있었다.

파이로 영지 요새의 가장 높은 경계탑.

그 위에 선 이안은 전방에 다가오는 카이몬 제국군을 둘러보며 마른침을 삼켰다.

"정말 엄청나긴 하네요. 이런 규모의 공성전이라니."

이안의 옆에 서 있던 로이첸이 웃으며 말을 받았다.

"그러게 말입니다. 역시 오길 잘했어요. 이런 전투라면 승패를 떠나서 참전할 가치가 있지요."

하얗게 빛나는 검신을 쓰다듬으며 씨익 웃는 로이첸을 힐끔 본 이안이 짧게 대꾸했다.

"승패를 왜 떠납니까?"

"……?"

이안이 마주 웃어 보였다.

"우리가 이길 건데."

이안의 패기 넘치는 대답에, 로이첸은 기분 좋은 웃음을 머금었다.

"후후, 그런 자신감 좋습니다. 활약 기대하도록 하지요."

로이첸은 원래 이안이라는 인물에 큰 관심이 없었다.

전체 랭킹 10위권 안에 있는 그가 랭킹 목록에도 보이지 않는 유저에 관심이 갈 리 없었던 것이다.

하지만 이번 전투에 참여하기로 결심하는 과정에서 이안의 전투 영상을 많이 찾아 보았고, 이안이 생각보다 대단한 인물임을 깨달았다.

'최소한 이런 대규모 전투에서의 지휘 능력은 지금 이 남자보다 나은 사람을 찾기 힘들 테지.'

대인 전투력이야 이안에게 밀린다는 생각을 하지 않았지만, 다크루나 길드와의 공성전에서 보여 줬던 통솔력은 확실히 자신보다 나은 수준이었다.

이안이 고개를 끄덕이며 대답했다.

"지휘 전권을 넘겨주셔서 감사합니다. 실망시켜 드리지 않을 겁니다."

이안은 점점 다가오는 카이몬의 대군을 한번 응시한 뒤, 뒤를 향해 고개를 돌렸다.

그리고 그곳에는 카이자르가 있었다.

"카이자르."

"왜 부르냐."

"아까 말했던 대로, 네가 철갑기병을 좀 맡아 줬으면 좋겠어."

카이자르가 순순히 고개를 끄덕였다.

"맡겨 달라고. 내가 카이몬 놈들을 제대로 도륙 내 보일 테니까."

오히려 씨익 웃으며 적극성마저 띄는 카이자르였다.

사실 여기에는 이안의 뼈아픈 지출이 있었다.

'후…… 경매장에 올라온 한혈보마인지 뭔지를 산다고 대체 돈이 얼마나 깨진 거야.'

카이자르를 부려먹기 위해서 경매장에 올라와 있던 말들 중 가장 비싸고 능력치가 뛰어난 말을 구매해서 조공했다.

그리고 뛰어난 명마와 함께 500기의 최정예 기마병을 이끌어 달라는 아부는 카이자르를 움직이기에 충분했다.

"고마워, 카이자르, 가신님만 믿을게."

"후후."

손을 휘휘 저으며 경계탑을 내려가는 카이자르.

기묘한 주종관계를 보며 피식 웃은 로이첸이 이안을 향해 입을 열었다.

"그럼 저도 제 자리로 움직이도록 하지요."

이안이 살짝 고개를 숙여 보였다.

"감사합니다. 잘 부탁드립니다, 로이첸 님."

"별말씀을."

그렇게 경계탑에 있던 주요 인물들에게 각자의 역할을 하나씩 맡긴 이안은 다시 전방을 향해 시선을 돌렸다.

'쉽지는 않겠지만, 병력 하나하나를 최대한 완벽하게 관리해야 해. 한 사람이 십인분을 해야 이길 수 있는 싸움이니까.'

그런데 그때, 이안의 시야에 흥미로운 광경이 포착되었다.

'저건 뭐지?'

카이몬 제국 연합군이 진격하고 있는 뒤쪽 허공에 수백 정도 되어 보이는 그림자들이 둥둥 떠 있었다.

이안은 안력을 돋워서 그것들을 주의 깊게 살펴보았다.

'뭐야, 설마 그리핀?'

독수리를 닮은 외형의 비행 물체들과 그 위에 타고 있는 활을 든 궁수들이 보였다.

처음 이안은 수백이 넘는 그리핀이라도 등장한 줄 알고 당황했으나, 조금 더 가까워지자 그것은 아니라는 것을 알 수 있었다.

'휴, 진짜 당황했네. 그리핀이었으면 정말 큰일 날 뻔했어.'

처음 보는 종류의 병력이었기에 정보는 없었지만, 이안은 더욱 흥미가 동하는 것을 느꼈다.

"공중전이라……."

이안은 핀을 소환했다.

"핀, 소환!"

꾸룩– 꾸루룩–!

소환된 핀은 힘차게 울부짖으며 이안을 향해 머리를 부볐고, 이안은 능숙한 솜씨로 핀의 등에 올라탔다.

"짝퉁 그리핀 따위는 하나도 무섭지 않지."

이안은 핀을 쓰다듬으며 다시 입을 열었다.

"핀아."

꾸루룩.

"가자!"

꾸룩— 꾸룩!

이안의 명령에, 핀이 힘차게 날갯짓을 하며 경계 탑 밖으로 뛰쳐나갔다.

그리고 전장에 있는 모든 이들의 시선이 이안을 향해 모아졌다.

"와앗, 이안 님이다!"

"그리핀이다!"

요새 상공에 둥둥 뜬 이안과 성벽의 코앞까지 다가온 카이몬의 대군.

이안은 인벤토리에서 스크롤을 하나 꺼내었다.

그것은 대규모 전투에서 일정 시간 동안 아군에게 효과적으로 명령을 전달할 수 있게 만들어 주는 마법 스크롤이었다.

역시 고가의 아이템이었지만, 이안은 망설임 없이 스크롤을 찢었다.

-'지휘관의 위엄' 마법 스크롤 아이템을 사용하셨습니다.

-앞으로 '02:59:59' 동안 모든 아군에게 메시지를 전달할 수 있습니다.(능력을 on/off 하여 명령 전달 여부를 지정할 수 있습니다.)

"흠흠!"

목소리를 가다듬은 이안이 지휘관의 위엄 효과를 활성화
시켰다.

-로터스 길드원 여러분, 그리고 저희 파이로 영지를 돕기 위해 와 주
신 많은 루스펠 제국 유저 여러분.

이안이 입을 열기 시작하자, 조금은 소란스러웠던 파이로
영지는 쥐죽은 듯 조용해졌다.

그러자 점점 영지를 향해 다가오는 카이몬 제국군의 발소
리가 크게 들리기 시작했다.

이안의 말이 이어졌다.

-공성전이 시작되기 전, 꼭 전달하고 싶은 한 마디가 있습니다.

두두두두-.

이제는 달리기 시작한 듯 성벽 바깥쪽에서 들려오는 발소
리가 더욱 요란해졌고, 이안은 다시 입을 열었다.

-우리는 오늘 지기 위해 이 자리에 있는 것이 아닙니다.

이안의 한 마디는 많은 이들의 정곡을 찔렀다.

도움을 주기 위해 온 유저들은 물론, 로터스 길드의 유저
들마저도 전투에서 이길 수 있다는 생각을 하고 있는 사람은
거의 없었기 때문이었다.

-나는 질 것이라고 생각되는 전투를 한 번도 시작해 본 적이 없었고,
이길 것이라고 생각했던 전투에서 한 번도 져 본 적이 없습니다.

이안의 말은 묘하게 유저들의 가슴을 울렸다.

이안이 햇빛을 받아 하얗게 빛나는 창대를 머리 위로 치켜
들며 마지막 한마디를 던졌다.

-우리는 이길 겁니다.

잠시간의 정적이 흐르고 마치 약속이라도 했다는 듯, 동시
에 쩌렁쩌렁한 환호성이 요새 전체에 울려 퍼졌다.

"와아아아!"

"이안 님, 멋있어요!"

"잘생겼다!"

펄럭펄럭-!

더 높은 곳으로 날아오른 이안은, 전방을 향해 창극을 뻗
으며 첫 번째 명령을 내렸다.

-궁수부대, 전원!

척- 처척-!

대부분이 로터스 영지에서 훈련된 병사들로 이루어져 있
는 궁수부대였지만 사이사이에는 유저들도 제법 섞여 있었
고, 그들 또한 이안의 명령에 따라 활시위를 잡아당겼다.

-공격!

슉- 슈슈슈슉-.

요새 하늘을 새까맣게 뒤덮는 화살을 시작으로, 카일란 역
사상 가장 치열하고 처절한 전투가 시작되었다.

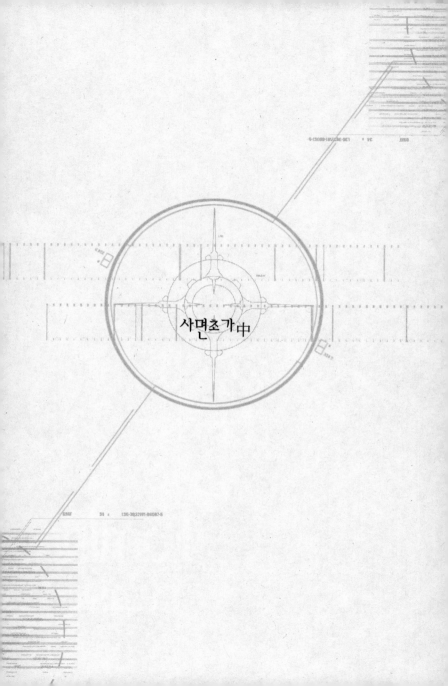

사면초가中

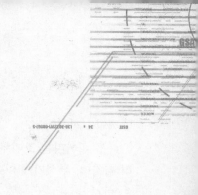

　침략자가 공성전에 승리하기 위해서 가장 먼저 넘어야 할 것은, 당연 높다랗게 솟아 있는 성벽이다.

　그렇기 때문에 제국 연합군 측에는, 굳건하게 솟은 파이로 영지의 성벽을 공략하기 위한 공성 병기들이 제대로 갖춰져 있었다.

　로터스 길드를 얕봤던 다크루나 길드의 공격 때와는 확연히 다른 모습이었다.

　"투석대대 공격 대기!"

　덜컹− 덜컹−.

　나무로 만들어진 바퀴가 요란한 소리를 내며, 거대한 투석기들이 전방을 향해 움직여 일렬로 늘어섰다.

"장전!"

끼익- 끼이익-!

나무 휘어지는 소리와 끈이 팽팽하게 당겨지는 소리가 울려 퍼지며, 투석기에 커다란 바윗덩이들이 올라갔다.

"발사!"

발사 신호가 떨어지자 검을 든 병사들이 일제히 팽팽한 밧줄을 끊어 내었다.

숙- 슈슉-!

거대한 바윗덩이들이 허공을 가로질러 요새 성벽을 향해 날아들었다.

쾅- 콰아앙-!

"땅 속성 계열 마법사는 참호를 흙으로 메우는 데 주력하도록!"

무턱대고 성벽을 오르는데 급급했던 다크루나 길드의 공격대와는 달리, 제국군은 사령관의 지휘에 따라 일사분란하게 움직이고 있었다.

원거리 공격 위주로 성벽 위의 방어군을 견제하며, 착실히 성벽을 오르기 위한 사전 작업을 진행한 것이다.

마법사들은 병사들과 한 조를 이뤄 흙 포대를 나르기 시작했다. 그들은 쉴드 마법으로 원거리 공격을 막아 내며 병사들을 보호했고, 깊게 파여진 파이로 요새 앞의 참호가 조금씩 메워지기 시작했다.

그리핀의 등에 탄 채, 그 모양을 보고 있던 이안이 재빨리 명령을 내렸다.

-카윈, 지금부터 다섯까지 센 다음 수로 열어!

-오케이, 알겠습니다!

그리고 이안은 참호를 향해 쏟아 내던 원거리 화력을 적들의 후방 쪽으로 다시 돌렸다.

-이제 곧 수문이 열리면 참호는 물바다가 될 겁니다. 접근하는 병력들을 그냥 두세요. 최대한 많은 병력이 참호 안으로 들어왔을 때 물벼락을 맞아야 하니까요.

공성전이 시작된 지 얼마 지나지 않아, 아직까지는 크게 급박한 상황이 연출되지 않았다.

그렇기 때문에 이안은 최대한 자세히 설명을 부연하며 명령을 내렸다.

-아직 성벽을 오르는 움직임은 없습니다. 최대한 후방에서 접근하는 적들의 생명력을 깎아 주세요!

파이로 요새의 성벽 위에서는 끊임없이 화살 세례가 쏟아지고 있었다.

그 숫자는 파이로 영지를 지키는 방어 병력의 규모에 비해 놀라울 정도로 많은 수준이었는데, 이것 또한 이안의 치밀한 사전 계획 덕분이었다.

이안은 요새 내부에 미리 여분의 활과 화살을 넉넉히 준비해 놓아서 궁수가 아닌 유저들도 전부 활을 들 수 있게 만들어 놓았다.

적들이 성문을 넘기 전까지, 근접 무기를 사용하는 병력은 대부분 할 수 있는 일이 없었다.

이로 인해 생기는 딜 로스는 생각보다 컸다.

이를 최소화시키기 위해서는 굳이 궁수 클래스가 아니더라도 활을 들게 해야 한다는 게 이안의 생각이었다.

'저들이 성벽을 넘기 시작하면, 그때 다시 근접 무기를 들면 되는 거니까.'

그런데 그때, 이안을 향해 몇 발의 화살이 날아 들었다.

깡- 까강-!

하지만 이안이 비행 중인 위치는 일반적인 궁수들의 사거리 바깥쪽이었기 때문에 화살은 힘을 잃은 상태였고, 이안은 손쉽게 쳐낼 수 있었다.

'사거리 밖이라고 생각했는데, 그래도 여기까지 날아오기는 하네?'

이안은 자신을 향해 날아오는 화살을 몇 개 더 쳐낸 뒤, 허공으로 더 높이 날아올랐다.

그리고 잠시 후, 어디선가 커다란 물소리가 울려 퍼지기 시작했다.

콰아아아-!

요새 안쪽으로부터 흘러나온 물줄기가 참호를 향해 쏟아져 나온 것이다.

"으아악, 피해!"

"참호가 물에 잠긴다! 뒤쪽으로 빠져 나와!"

하지만 숫자가 한둘이 아닌 만큼 병력의 진퇴가 그리 손쉽게 이뤄질 리 없었고, 대부분의 병사들이 물줄기 속에 잠겨 버렸다.

"컥, 커컥―!"

물에 빠진 카이몬 제국의 병사들은 괴로워하며 허우적 댔다.

그들을 향해 파이로 영지 내부에 있던 마법사들이 빙계 마법을 캐스팅했다.

"글래셜 스파이크!"

"프로즌 헬!"

전쟁에 참여한 이들의 레벨은, NPC와 유저를 막론하고 최소 130은 넘는 수준이었다.

그렇기 때문에 물에 빠뜨린 정도로는 쉽게 그들을 죽일 수 없었지만, 빙계 마법과 연계된다면 이야기는 달랐다.

쩍― 쩌저적―!

여기저기서 물이 얼어붙는 소리와 얼음이 갈라지는 소리가 울려 퍼졌다.

―낙석 공격, 개시!

성벽 위에서 미리 대기 중이던 공격조가 커다란 바위를 그 위로 굴려 떨어뜨렸다.

쾅- 콰쾅-!

순식간에 참호를 중심으로 요새의 주변은 아수라장이 되었다.

참호에 쏟아진 물이 워낙 많은 양이었기에 수면부터 얼려 들어가기 시작했고, 참호에 들어가 있던 대부분의 병력들이 물속에서 빠져나오기 전 얼음 안쪽에 갇히고 말았다.

몇 군데 낙석으로 인해 깨진 부분으로 병사들이 탈출을 시도했다.

그러나 계속해서 떨어지는 바위가 그들을 처참히 뭉개고 말았다.

쾅-!

전장 위에 떠 있는 월드 메시지 창은 쉴 새 없이 갱신되고 있었다.

-낙석으로 인해 카이몬 제국 병사가 사망하였습니다.

-산소 부족으로 인한 지속 대미지로, 카이몬 제국 병사가 사망하였습니다.

-파이로 영지 동남쪽 (255, 304) 지점의 성벽이 큰 피해를 입었습니다.

그리고 이안 또한 고립된 적들을 향해 광역 스킬을 퍼붓기 시작했다.

아직까지 비행이 불가능한 다른 소환수들을 소환하는 것은 무리였기에, 핀의 분쇄 스킬이 주가 되었다.

콰아아아-!

'분쇄' 스킬의 도트 대미지가 장대비처럼 쏟아졌다.

물속에 잠긴 채 여러 가지 상태 이상에 걸린 적들의 생명력이 순식간에 빠져나갔다.

─카이몬 제국 병사를 처치하여 경험치를 658,909만큼 획득합니다.

─카이몬 제국 소속 유저 '오리안'을 처치하여 경험치를 1,028,789만큼 획득합니다.

─명성을 1,200만큼 획득했습니다.

'좋아!'

이안은 떠오르는 시스템 메시지를 확인할 새도 없이, 다시 허공을 향해 빠르게 솟구쳐 올라갔다.

이안이 핀의 분쇄 스킬을 사용하기 위해 지상에 가깝게 내려오자 원거리 폭격이 비 오듯 쏟아진 탓이었다.

슈슈슉─!

새까맣게 쏟아지는 화살은 물론.

펑─ 퍼펑─!

마법사들이 쏘아 보낸 원소 마법들도 여기저기서 터져 나왔다.

"핀아, 저쪽으로!"

눈앞으로 빨려들 듯 쇄도해 오는 화염구체를 발견한 이안이 황급히 핀의 한쪽 어깨를 잡아당겼다.

콰아앙─!

핀은 재빨리 횡으로 한 바퀴 회전하였고, 아슬아슬하게 화염 마법을 피해 낸 둘은 곡예를 하듯 원거리 공격들을 피해 가며 성벽 위로 다시 올라갔다.

틱-.

핀의 등에서 내린 이안은 인벤토리에서 장궁을 꺼내어 등에 메었다.

이안의 시선이 접근해 오는 카이몬의 대군을 한번 쭉 훑었다.

'이제는 얼어붙은 참호 너머로 접근해서 성벽을 타기 시작할 테지.'

이안은 서둘러 지휘관의 위엄 효과를 활성화시키고, 입을 열었다.

-이제 적들이 성벽을 타고 오를 겁니다. 근접 클래스 유저 분들께서는 본래의 무기로 바꿔 착용해 주시고, 마법사 분들께서는 광역 마법 캐스팅 준비해 주세요.

분주히 여기저기 명령을 내린 이안은 등에 멘 장궁을 잡아들고는 천천히 활시위를 당겼다.

'오랜만에 저격 솜씨 좀 발휘해 볼까!'

이안은 신중한 표정으로 적진을 향해 조준했다.

과거 궁수 클래스의 스킬들을 보유하고 있었더라면 지금보다 더 먼 거리에서도 적을 맞출 수 있었겠지만, 지금은 기본적인 능력치로만 활을 쏘아야 했다.

이안은 목표한 적들이 사거리 안쪽으로 들어오기를 기다

렸다가 신중히 활시위를 놓았다.

피이잉–!

이안의 활시위를 떠난 화살이, 바람을 가르며 빠르게 적진을 향해 쏘아져 나갔다.

파이로 요새에는 두 개의 성문이 있었다.

이안과 대부분의 병력이 방어전을 벌이고 있는 동남쪽의 성문과, 험한 산지로 둘러싸여 있어 입구가 좁은 북서쪽의 작은 후문이 그것이다.

그리고 이 후문 안쪽에 일단의 병력들이 가지런히 도열해 있었다.

"카이자르 님, 준비 되셨습니까?"

헤르스의 물음에, 카이자르가 천천히 고개를 끄덕였다.

"준비는 끝났다. 이제 성문을 열도록."

카이자르가 이안의 가신이기는 했지만, 그 누구도 그를 함부로 대하지는 않았다.

사실, '않'이 아니라 '못'이 맞는 말이겠지만.

헤르스가 허공으로 고개를 치켜들며 입을 열었다.

"로이첸 님, 지금 괜찮겠습니까?"

헤르스의 물음에, 성벽 위에서 열심히 방어 병력을 지휘중이던 로이첸이 대답 대신 한 손을 번쩍 치켜들었다.

"마법사들, 전원 광역 마법 발사!"

쾅- 콰콰쾅-!

성문을 향해 접근하는 카이몬 제국군을 뒤쪽으로 물러나게 해서 공간을 확보하기 위한 명령이었다.

로이첸의 의도를 알아 챈 헤르스가 성문을 향해 손을 뻗었다.

"성문, 오픈!"

"예, 마스터!"

끼이익-!

헤르스의 명령과 함께 굳건히 닫혀 있던 성문이 천천히 열리기 시작했고, 카이자르는 등 뒤에 메고 있던 대검을 뽑아들었다.

스르릉-!

한혈보마를 비롯해, 이안이 전 재산을 탈탈 털어 구매한 번쩍거리는 장비들을 걸친 카이자르.

성문이 반쯤 열리자, 카이자르가 우렁찬 목소리로 명령을 내렸다.

"전원, 진격!"

둥- 둥- 둥-!

전고가 울려 퍼짐과 동시에 말고삐를 팽팽히 잡아당긴 기마병들이 일제히 달려 나가기 시작했다.

두두두두―.

요란한 함성 같은 것은 없었지만, 정갈한 말발굽 소리들과 함께 5백의 기마병이 순식간에 성문을 빠져나갔다.

성벽 위에서 그 모습을 확인한 로이첸이 헤르스를 향해 물었다.

"헤르스 님, 이건 조금 무리수 아닐까요?"

로이첸의 물음에 헤르스가 의아한 표정으로 반문했다.

"예?"

"아니, 수적으로 이렇게 열세인 전투에서 성문을 열고 병력을 내보낸다는 상황 자체가 좀 아이러니한 것 같아서 말이죠. 물론 이쪽은 동남쪽처럼 탁 트인 공간은 아니긴 하지만……."

맹렬한 기세로 나아가는 기마병들을 힐끗 본 로이첸이 걱정스러운 표정으로 말하자, 헤르스는 피식 웃었다.

"걱정하실 것 없습니다, 로이첸 님. 적당히 헤집고 나서 돌아올 겁니다."

"저들이 아무리 170레벨이 넘는 최상위 기마병이라 하더라도, 수적으로 열 배 가까이 차이가 나는데……."

성벽 위로 올라온 헤르스가 기마부대의 선두를 가리키며 입을 열었다.

"우린 카이자르만 믿으면 됩니다."

"그게 무슨……? 카이자르가 레벨이 높다는 이야기는 들었지만, 그렇다곤 해도 NPC일 뿐이지 않습니까."

로이첸은 카이자르가 레벨이 좀 높은 NPC라는 정도는 알고 있었지만, 구체적인 부분에 대해서는 알지 못했다.

그렇기에 헤르스의 말이 이해가 되지 않았던 것이다.

NPC는 레벨이 높다고 해도 10~20레벨이 낮은 유저보다 허약한 경우도 많았기 때문이었다.

'가신이라는 NPC가 레벨이 높아 봐야 200이 넘겠어? 높게 잡아서 190 정도라고 쳐 줘도, 대세에 큰 영향을 주지는 못할 텐데.'

하지만 잠시 후, 로이첸은 자신의 판단을 전면 수정해야만 했다.

"크하아아!"

괴성을 지른 카이자르가 전장을 휘젓고 다니기 시작한 것이다.

쾅- 콰쾅-!

카이자르는 이안으로부터 뺏은 물건 1호인 다크 펜리르의 대검을 이리저리 휘두르며 시커먼 에너지를 폭사시켰다.

로이첸의 두 눈이 휘둥그레졌다.

"저, 저게……?"

카이자르가 검을 휘두를 때마다, 제국 병사들 대여섯이 새까만 재가 되어 무너져 내렸기 때문이었다.

놀라는 로이첸을 보며, 헤르스가 실소를 흘렸다.

"걱정할 필요 없다지 않았습니까. 저쪽은 신경 쓰지 말고, 우리는 성벽 방어나 열심히 하면 됩니다."

헤르스는 다시 움직여 성벽을 타고 넘어오는 적들을 향해 검을 휘두르기 시작했다.

하지만 로이첸의 시선은 한동안 카이자르의 뒷모습에 머물러 있었다.

'전투력만 뛰어난 게 아니라, 부대 통솔력도 엄청난걸. 이 안 님은 대체 저런 NPC를 어디서 구한 거지?'

새까맣게 많은 병력이 군집되어 있는 카이몬 제국 연합군의 진영을 무주공산처럼 휘젓고 다니는 카이자르의 기마부대.

카이자르를 선두로 삼각편대를 이루며 맹렬히 돌진하는 기마부대는, 아무리 많은 적들에게 둘러싸여도 그 속도가 줄지 않았다.

삼각편대의 꼭짓점인 카이자르가 방어선을 아예 찢어발겨 버렸기 때문이었다.

게다가 소규모 병력으로 적진 한복판에 뛰어든 형국이었기 때문에, 마법사들은 섣불리 광역 마법을 사용하지도 못했다.

자칫 잘못 사용했다가는 카이몬의 병력이 오히려 더 큰 피해를 입는 것이다.

"버러지 같은 카이몬 놈들, 다 가루로 만들어 주마!"

괴물 같은 본신의 능력에 자신을 십년 동안 가둬 놓았던 카이몬 제국에 대한 분노가 더해지자, 카이자르는 그야말로 전신戰神이 빙의하기라도 한 듯 전장을 휘젓고 다녔다.

이안의 게임 살림의 기둥뿌리를 뽑아 가고 있기는 했지만, 밥값만큼은 확실히 하는 카이자르였다.

"어후, 성벽 한번 높게도 쌓아 놨네."

멀찍이서 전장을 바라보던 세일론이 얼굴을 살짝 찌푸리며 투덜거렸다.

"다크루나가 공략에 실패했다 그래서 비웃었는데, 이 정도로 방어선이 탄탄할 줄이야."

옆에 있던 에밀리가 그의 말에 동조했다.

"그러게. 제법 많은 병력이 희생됐는데, 아직도 1차 성벽을 제대로 못 뚫었어."

에밀리의 말에 세일론의 두 눈이 조금 더 커졌다.

"뭐? 1차 성벽? 그럼 2차 방어벽이 또 있단 말이야?"

"지난번 연합군 회의 때 뭐 했어? 보아하니 졸았구먼?"

"응?"

"다크루나 길드에서 공성전 정보 브리핑할 때 말이야."

"아하! 그야 뭐……. 네가 잘 들었을 텐데, 굳이 나까지 집중해서 들을 필요는 없잖아? 후후."

타이탄 길드의 수뇌부인 두 사람은 최상급의 랭커였고, 때문에 주요 전력으로 분류되어 있었다.

그래서 본격적으로 1차 방어선이 무너지고 나면 전투에 투입되기로 되어 있었던 것이다.

그런데 그때, 앞쪽에서 말없이 전장을 보며 생각에 잠겨 있던 샤크란이 슬쩍 고개를 돌리며 입을 열었다.

"세일론, 에밀리, 이제 슬슬 움직일 준비 하도록."

"예, 마스터."

"드디어 움직이는 건가요?"

샤크란이 고개를 끄덕이며 대답했다.

"이제 슬슬 서쪽 성벽이 뚫리는 듯하니, 바로 진입할 준비를 해야지."

세 사람의 시선이 전장을 향했다.

언뜻 보기에는 팽팽한 것처럼 느껴지는 최전선의 전황이었다.

하지만 샤크란은 방어벽이 무너지는 순간 얘기가 완전히 달라질 것이라 생각했다.

'지금이야 높고 굳건한 방어벽 때문에 팽팽해 보이는 거지 한 군데 뚫리는 순간 균형이 순식간에 무너질 거야.'

균형이 무너진다면 그것을 기점으로 일방적인 학살이 시작될 것이다.

그 타이밍에 1초라도 빨리 전장에 진입해서 적들을 쓸어 담아야 했다.

전장에서 처치하는 적국의 유저들과 NPC는 어마어마한 경험치와 보상을 안겨 주기 때문이었다.

"너무 시시하지는 않았으면 좋겠는데……."

세일론의 말에 샤크란이 피식 웃으며 핀잔을 주었다.

"무려 다크루나를 패퇴시킨 요새다. 그리고 그때보다 분명 더 많은 준비를 해 뒀겠지."

"그건 그렇겠죠?"

에밀리도 한 마디 거들었다.

"저들도 나름 네 자리 수 병력이야. 최소 오늘 하루 정도는 사냥할 사냥감이 넘쳐날 테니, 시시하지는 않겠지."

샤크란이 씨익 웃으며 걸음을 옮기기 시작했다.

"후후, 그럼 가 볼까?"

"예, 마스터."

샤크란을 필두로, 타이탄 길드의 깃발 아래 모인 일천 정도의 병력이 빠르게 움직이기 시작했다.

그들의 목적지는 무너져 가는 서쪽 성벽이었다.

'그때 그 소환술사 놈과 다시 한 번 싸워 볼 수 있는 건가?'

몇 달 전, 그는 제국 퀘스트 때문에 파스칼 군도의 뇌옥에 갔던 적이 있었다.

그리고 그곳에서 잠시 겨루었던 소환술사 유저가 이안과 동일 인물임을, 샤크란은 얼마 전 알게 되었다.

'후후, 놈이 얼마나 놀랄지 벌써부터 기대되는군.'

반쪽짜리 능력밖에 가지지 못한 분신으로도 호각을 이루었던 상대였기에, 자신과 제대로 겨룰 만한 상대라고는 애초에 생각지 않았다.

　하지만 그럼에도 불구하고 이안은 묘하게 그의 호승심을 불러일으켰다.

　'내 손으로 잡았으면 좋겠는데……'

　이안에게 압도적인 힘의 차이를 보여 줄 생각에 벌써부터 흥이 났다.

　하지만 어찌 될지는 지켜봐야 할 일이었다.

　겨울방학이라 무척이나 한적한 한국대학교.

　하지만 가상현실과의 과실은 무척이나 시끌벅적했다.

　"야, 수철아. 치킨 아까 시킨 거지?"

　"네, 형! 시킨 지 20분쯤 됐으니까, 이제 조금 있으면 올 거예요."

　"오케이."

　"민아, 뭐하고 있어? 빨리 프로젝터 틀지 않고!"

　"이놈아, 네가 틀든가. 왜 시키고 난리야."

　오늘은 가상현실과의 학생들이 방학 중 오랜만에 만나서 놀기로 한 날이었다.

노는 장소가 학교라는 게 조금 아이러니하기는 했지만, 학교에 있는 과실만큼 아늑한 공간도 없었다.

그리고 결정적으로, 이들이 학교에서 모이기로 한 가장 큰 이유는 따로 있었다.

티이잉-!

민아가 프로젝터를 켜자, 과실의 한쪽 벽에 커다랗게 하얀 화면이 떠올랐다.

"채널은 어디 틀까?"

민아의 물음에, 세원이 재빨리 대답했다.

"어디긴, 당연히 YTBC 틀어야지. 거기가 제일 영상 퀄리티가 높단 말야."

"맞아, 그리고 거기 캐스터들이 우리 길드 제일 잘 빨아줘서 난 거기가 좋아."

"알겠어요, 오케이!"

과실에 모인 학생들은 모두 로터스 길드의 길드원들이었다.

다만 레벨이 너무 낮아서 중부 대륙의 공성전엔 참전을 못하는 인원이었던 것.

그나마 세원은 130레벨에 간당간당하는 수준은 되었지만, 별로 도움될 것 같지 않다는 유현의 일침에 맘 편히 관전이나 하기로 한 것이었다.

잠시 후 채널이 열리고, 영상이 송출되기 시작하자 민아는 당황스런 표정이 되었다.

"뭐야? 벌써 전투 시작한 지 꽤 된 것 같은데?"

수철이 의아한 표정으로 되물었다.

"뭐? 그러네. 아니, 1시부터 방송 예정이었는데 왜 벌써 시작된 거지?"

"제국군이 예정보다 빨리 움직여서 그렇게 됐나 보지, 뭐."

과실 구석의 냉장고에서 사이다를 한 잔 따라 마신 수철이 말을 이었다.

"그래도 보니까 아직까지 1차 방어벽도 건재하네. 이제 본격적으로 싸우기 시작할 테니까 괜찮아. 지금부터 보면 돼."

영상이 시작되자, 어느새 여섯 명의 학생들이 옹기종기 소파에 앉아 화면에 몰입하기 시작했다.

불도 다 꺼 놓고 커다란 프로젝터로 벽 전체에 영상을 쏘아 시청하니, 마치 작은 영화관에라도 온 듯한 분위기였다.

쾅─ 콰쾅─!

─아아, 저기 드디어 파이로 영지의 일차 방어 성벽이 뚫리나요!

흥분한 캐스터의 목소리와 함께, 거대한 바윗덩어리들이 무너져 가는 성벽을 향해 쏟아져 내렸다.

콰쾅!

─그런 것 같죠? 이제 저 정도의 공간이면 병력이 진입하기에 충분할 것 같아요.

─그렇습니다. 저기 보시면 기다렸다는 듯이 달려드는 전투부대가 보

이죠?

　─저 깃발은, 타이탄 길드의 깃발인 것 같네요. 선두에는 역시 타이탄 길드의 마스터인 샤크란이 있습니다.

　화면을 보던 민아가 세원을 향해 물었다.

　"그런데 세원 오빠."

　"왜?"

　"원래 공성전에서 저렇게 성벽 자체를 부시고 진입했던가요? 이전에 우리 북부 대륙 영지 수성전 할 때는 안 저랬던 것 같은데?"

　옆에 있던 수철도 거들었다.

　"그러게. 그때는 토성 쌓거나 사다리차 같은 거 이용해서 기어 올라왔었잖아."

　두 사람의 말에 세원도 의아한 표정이 되어 고개를 갸웃거렸다.

　"그러게. 성벽 HP가 무지막지하게 높아서 저렇게 부수는 건 엄청 비효율적일 텐데."

　그리고 그들의 대화를 듣기라도 한 듯, 캐스터들이 의문점을 풀어 주었다.

　─1차 방어벽이 드디어 뚫리기는 했지만, 벌써 2시간 가깝게 지났죠?

　─그렇습니다. 파이로 영지 방어성의 방어력은 정말 미친 수준이었어요. 중부 대륙의 안시성이라는 별명이 아깝지 않은, 그런 수성전을 보여 주고 있습니다.

―오죽했으면 성벽 오르는 걸 포기하고 무너뜨리는 걸 택했겠습니까. 성벽이 워낙 높은 탓도 있었지만, 방어 전략이 정말 체계적이었어요. 쉴 새 없이 낙석이 떨어지고, 성벽 중간 중간에서 트랩이 발동되니 아예 부수는 걸 택해 버린 거죠.

설명을 들은 세원이 나지막한 목소리로 중얼거렸다.

"아, 그랬구나. 무식한 놈들……."

민아도 입을 열어 한 마디 거들었다.

"저것들 진짜 징그럽네요."

"그런데 세원이 형, 쟤들 저런 식으로 2차, 3차 방어벽까지 부숴 버리는 걸 택하면 우리가 공들여 지은 방어 기관들이 다 쓸모없어지는 거 아니에요?"

수철의 말에 세원은 고개를 저으며 대답했다.

"아니, 그건 아닐 거야. 1차 방어벽이야 멀리서 투석기들이 원거리 공격을 할 수 있었지만, 2차 방어벽부터는 투석기의 사거리에 들어오려면 투석기가 1차 방어벽 안쪽으로 들어와야 되거든."

"아하."

"아마 투석기는 화염 마법 한 방이면 그대로 불타 버릴 텐데, 그렇게 가까운 거리까지 접근해 오는 걸 길드원들이 보고만 있진 않겠지?"

민아가 고개를 끄덕이며 대답했다.

"그러네요."

그들이 대화하는 동안, 파괴된 성벽을 잡고 있던 카메라의 앵글이 급격히 이동하여 성안을 비추기 시작했다.

그리고 그곳에서는 본격적인 전투가 시작되고 있었다.

그때, 뭔가를 발견한 민아의 목소리 톤이 살짝 높아졌다.

"오빠, 저기 진성이 맞죠? 저거!"

민아의 말에 모두의 시선이 그녀가 손가락으로 가리킨 방향을 향해 모였고, 그곳에는 할리의 등에 올라탄 이안이 타이탄의 길드원들과 맞부딪치고 있었다.

"그러네. 진성이 맞네."

두 사람이 이안의 모습을 발견하고 반가워하는 반면, 수철은 고개를 갸웃했다.

"그런데 진성이 쟤, 무기는 언제 또 바꾼 거지? 웬 창을 들고 있네?"

깡- 까강-!

무너진 파이로 영지 1차 방어벽의 서쪽 지역.

성벽의 일부분이 무너진 것이었기에 한 번에 몇 천 단위의 병력이 진입할 수는 없었지만, 그래도 제법 많은 병력이 요새 안쪽으로 들어왔다.

'뚫리기는 했어도, 이 정도의 좁은 공간이라면 막을 수 있는 데까지는 최대한 막아 내야 해.'

서쪽 지역의 성벽이 뚫렸다는 보고를 받자마자, 이안은 빠르게 움직여 서쪽 전장으로 이동했다.

그리고 이제껏 성벽 위에서 전체적인 지휘를 도맡아 하느라 소환하지 않았던 소환수들도 전부 다 소환했다.

"폴린, 세리아, 너희도 날 좀 도와야겠어."

"알겠습니다, 영주님."

"예, 영주님!"

카이자르를 제외한 가신들까지 전부 다 데려온 이안은 무너진 성벽으로 진입해 오는 카이몬 제국군과 맞서 싸우기 시작했다.

"라이, 항상 그랬던 것처럼 마법사나 궁사, 사제 위주로 제거해 줘."

―알겠다, 주인.

라이는 단일 타깃에 폭발적인 피해를 입히는 데 특화되어 있는 소환수였다.

그랬기 때문에 이런 난전에서 그 능력이 가장 빛나는 소환수이기도 했다.

반면에 레이크나 핀은 이런 난전에서는 크게 힘을 발휘하지 못했다.

주요 공격 능력인 광역 스킬을 사용할 수가 없었기 때문이다.

"핀, 레이크. 너희는 싸우다가 고유 스킬 재사용 대기 시간 돌아오면 바깥쪽으로 나가서 광역 스킬 사용해 줘."

꾸룩— 꾸루룩—!

마지막으로 빡빡이와 세리아를 한 팀으로 붙인 이안은 할리의 등 위에 올라탔다.

"자, 한번 최대한 막아 볼까?"

이안은 모든 버프 스킬을 전부 사용했지만, 아직까지 '셀라무스 전사의 의지' 스킬은 사용하지 않고 있었다.

'셀라무스 전사의 의지는 상대하기 힘든 적이 나타나기 전까지는 아껴 둬야겠어.'

셀라무스 전사의 의지 스킬은 지속 시간에 비해 재사용 대기 시간이 길지 않았다.

오히려 짧은 편이라고 할 수 있었기에 사실상 아껴 둔다는 말은 맞지 않았다.

이안은 스킬이 지속되는 동안 다른 어떤 스킬도 사용할 수 없다는 페널티 때문에 신중하게 사용하려는 것이었다.

그리고 이안이 전투에 뛰어들자, 많은 유저들이 이안을 향해 달려들었다.

"이안이다!"

"정말 이안이야! 저놈 잡으면 보상이 어마어마하겠지?"

적국의 유저를 잡았을 때 얻는 보상은, 상대의 레벨과 명성, 그리고 그가 보유하고 있던 전공 포인트에 비례하게 된다.

그렇기에 누군가 이안을 죽이는 데 성공한다면, 정말 막대한 보상을 얻을 수 있기는 할 것이었다.

이제 이안은 레벨도 10레벨 이내로 최상위 그룹을 따라잡은 상태였으며, 전공 포인트나 명성의 경우는 이라한이나 샤크란보다도 더 높은 수준이었으니까.

이안은 자신을 향해 달려드는 카이몬 제국의 유저들을 보며 입꼬리를 슬쩍 말아 올렸다.

'어휴, 레벨이 아깝다, 이놈들아.'

가상현실 속에서 수많은 유저들을 상대해 온 이안은, 이제 상대가 움직이는 모양새만 대충 보아도 어느 정도 견적이 나왔다.

그리고 적어도 지금 이안에게 달려드는 유저들 중에는 제대로 된 실력자가 보이지 않았다.

이안은 '정령왕의 심판'을 빙글빙글 돌리기 시작했다.

"내가 창을 잡은 지는 얼마 안 됐지만, 님들한테 질 것 같진 않네요."

명백한 도발이었다.

그리고 그 도발에, 카이몬 제국 유저들의 얼굴이 단숨에 시뻘겋게 변했다.

"유명세 좀 타더니, 정신이 나간 거 아니야?"

"미친, 이런 상황에서도 퍼포먼스가 중요한 거야? 진짜 창으로 우리랑 싸우려는 건가 본데?"

자고로 게임 못한다는 말은 남자들에게 있어서 최고의 도발이었다.

못생겼다는 말보다 최소 열 배는 효과가 좋은 수준이라고 할 수 있다.

게다가 적의 분노를 타오르게 하는 도발은 그 어떤 상태이상 스킬보다 확실한 CC기(적의 움직임에 제약을 거는 스킬, Crowd Control 의 약자)라고 할 수 있었다.

CC기는 캐릭터에 걸리지만, 자존심을 건드리는 도발은 플레이어의 뇌에 걸리기 때문에 해제 스킬로 풀 수조차 없는 것.

이안이 씨익 웃으며 한마디를 더 던졌다.

"한꺼번에 덤비라고. 시간 없으니까 말이야."

상대는 140레벨 중반 정도의 고레벨 유저들이지만, 이제 150레벨도 넘은 이안의 눈에 제대로 된 컨트롤 능력을 갖추지 못한 140레벨대의 유저는 어린아이 수준으로밖에 보이지 않았다.

"미친놈, 죽여 버리자!"

"소환술사 나부랭이가 입만 살아 가지고!"

일단 이안과 가장 가까운 거리에 있던 전사 유저와 기사 유저가 검을 휘두르며 달려들었다.

그리고 이안은 할리를 탄 채로 그들을 향해 마주 뛰어들었다.

'어디, 몸 좀 풀어 볼까?'

아무래도 비교적 움직임이 빠른 전사 유저가 먼저 이안과 맞닥뜨렸고, 두 사람의 무기가 빠르게 움직이며 부딪치기 시작했다.

깡― 까강―!

하지만 몇 차례 공방을 주고받기도 전에, 남자의 어깻죽지를 깊숙이 찌르는 이안의 창.

푸욱―!

지그재그로 비틀려 있는 날카로운 창날에 꿰뚫리자, 남자의 생명력이 한 순간에 쭉 빠져나갔다.

"으윽―!"

그리고 창대를 한 바퀴 돌려 곧바로 연속 타격을 입히는 이안.

심지어 무기의 고유 능력인 '심판의 번개'까지 발동되자, 남자는 그대로 튕겨져 나갔다.

번쩍― 콰아앙―!

―고유 능력 '심판의 번개'가 발동됩니다.

―카이몬 제국의 유저 '세르비콘'에게 치명적인 피해를 입혔습니다.

―카이몬 제국의 유저 '세르비콘'의 생명력이 27,980만큼 감소합니다.

―광역 폭발로 인해, '세르비콘'의 생명력이 추가로 13,780만큼 감소합니다.

순식간에 생명력이 바닥난 채 뒤쪽으로 튕겨져 나가는 그를 향해, 이안은 그대로 창을 투척했다.

쐐애액―!

몸이 바닥에 닿기도 전에 이안의 창이 그대로 가슴팍을 꿰

뚫었다.

−카이몬 제국의 유저 '세르비콘'을 처치하셨습니다.

−명성을 1,252만큼 획득합니다.

−전공 포인트를 679만큼 획득합니다.

그는 창에 가슴팍을 뚫린 채 회색 빛깔로 변해 버렸다.

이안은 빠르게 달려가 창을 뽑아 들고는 허공에서 휘휘 돌렸다.

"뭐 이렇게 허약한 거야?"

이안은 계속해서 광역 도발을 시전하며, 당황한 채 굳어 있는 기사를 향해 창극을 치켜들었다.

그러자 주춤했던 남자가 다시 검과 방패를 들어 올리며 이안을 향해 천천히 다가왔다.

같이 달려든 기사 유저가 어떻게 손써 볼 새도 없이 당해 버린 것이었다.

'크으, 역시 좋은 아이템이 손맛도 다르네.'

물론 이러한 결과가 나온 데에는, 이안과 그의 실력 차이가 극명했던 것이 가장 큰 이유였다.

거기에 창이라는 무기가 검에 비해서 더 긴 레인지를 가지고 있었고, 이안은 할리의 위에서 공격하는 위치적 이점도 있었기에 이렇게 압도적인 차이가 만들어진 것이었다.

그야말로 '순삭'이라는 표현이 완벽히 들어맞는 상황이었다.

바로 앞까지 다가온 기사 유저가 이안을 노려보며 입을 열었다.

"저 머저리가 방심했을 뿐이야. 네 실력이라고 착각하지 말라고, 이안."

"그래? 그럼 네가 한번 증명해 보든가."

이안의 입장에서는 비웃음만 나오는 소리였다.

'누가 누구 앞에서 방심을 해?'

이안은 창대를 고쳐 쥐며 남자를 향해 뛰어들었다.

빠르게 한 명이라도 더 줄여야 하는 지금 상황에서 여유를 부릴 시간은 없었다.

깡- 까앙-!

남자는 이안의 쉴 새 없는 공격을 나름대로 잘 방어했다.

'그래도 기사 클래스라 이건가?'

하지만 그것도 잠시.

이안의 창극이 방패와 검 사이에 드러난 틈을 향해 매섭게 파고들었다.

푸욱-!

이안은 속으로 혀를 끌끌 찼다.

'카이트 실드가 멋있긴 하지만, 마상 전투가 아니고서는 효율이 떨어질 수밖에 없는데 도대체 왜 쓰는 건지 알 수가 없네.'

연 모양을 닮은 카이트 실드는 아래로 길쭉하게 늘어진 모양새를 하고 있었다.

가볍고 둥근 라운드 실드에 비해 유저의 움직임에 제약을 줄 수밖에 없는 형태인 것이다.

애초에 카이트 실드는, 말에 올랐을 때 무방비가 되는 하반신을 가리기 위해 길쭉하게 디자인된 방패였다.

백병전에서 쓸 만한 방어구가 아닌 것이다.

깡 까가강—!

한번 공격을 허용하자, 남자는 연속해서 창날에 베이기 시작했다.

콰—!

연이어 터지는 심판의 번개에, 까맣게 타 버리고 말았다.

털썩.

이안은 채 3분도 되지 않는 짧은 시간 만에 140레벨대의 유저 둘을 게임 아웃시켜 버렸다.

그 모습을 지켜 본 루스펠 제국의 유저들은 환호했으며, 카이몬 제국의 유저들은 마른침을 삼켰다.

"와…… 쩌, 쩐다."

"미친, 쟤 소환술사 맞아? 창으로 찌르는 대미지가 어떻게 저렇게 말도 안 되게 나오는 거지?"

"그거야 공격이 제대로 들어갔으니까 그렇죠. 템도 좋은 것 같고. 가슴팍에 저런 식으로 창날이 파고 들어가면 소환술사가 아니라 마법사나 사제가 찌른 창에도 크리티컬 대미지 입을 듯요."

하지만 그것은 시작일 뿐이었다.

이안은 아예 전장을 헤집어 놓으며 적들을 학살하기 시작했다.

주로 이안의 타깃이 되는 이들은 140레벨 이상의 고레벨 유저였다.

130레벨대의 유저들이나 일반 제국 병사들은 이안이 아니더라도 이 전장에 참여한 이들이라면 누구든 상대할 만한 정도였지만, 140레벨 이상의 유저들은 조금 위험했기 때문이었다.

"미친, 합공해! 일단 저놈부터 잡아!"

"죽여! 법사들 뭐해? 광역 메즈기라도 걸어 봐!"

"멍청아, 여기 중부 대륙이야! 광역 스킬 발동되면 우리도 같이 걸려!"

무너진 성벽.

그리고 그 아래 산처럼 쌓여 있는 성벽의 잔해들을 밟고 이리저리 뛰어다니며, 이안은 카이몬 제국 유저들을 끊임없이 도륙했다.

크아앙—!

이안이 등에서 뛰어내린 뒤부터는 할리 또한 물 만난 고기처럼 날뛰기 시작했으며, 라이는 이안보다도 더 위협적인 전투력을 보여 주고 있었다.

"와씨, 저거 번개 떨어지는 거 뭐야? 소환술사 스킬 중에 저런 것도 있어?"

"글쎄? 있을지도 모르지. 소환수 고유 스킬이나 전설급 아이템에 붙어 있는 고유 능력일 수도 있고?"

"진짜 대박이다. 혼자 다 해 먹네 정말."

유저들은 각자의 전투 때문에 바쁜 와중에도 이안을 한 번씩 힐끔힐끔 쳐다보고 있었으며, 허공 여기저기를 돌아다니며 전투 영상을 찍던 촬영 수정들도 어느새 이안의 주변으로 옹기종기 모여 있었다.

"후…… 땀 좀 나는데?"

한바탕 미친 듯이 전장을 활보한 이안은 생명력이 절반 이하로 떨어지자 후방으로 빠져 사제들에게 치료를 받았다.

그리고 이안이 한참 싸우는 동안, 서쪽 성벽 외에도 두 군데 정도가 더 무너져 내렸다.

'이제 조금만 더 버티다가 방어선을 뒤로 물려야겠어.'

지금이야 좁은 공간의 때문에 한 번에 많은 적이 침입할 수 없어서 막아 내고 있었지만, 구멍이 더 생기면 지금처럼 막기는 힘들 것이었다.

병력의 절대적인 차이가 너무 컸기 때문이다.

이안은 전장을 한차례 훑어보며, 가장 위험해 보이는 방어선을 향해 시선을 돌렸다.

그런데 그때, 전장 한쪽에서 커다란 사자후가 터져 나왔다.

-이안, 어딜 도망가려는 거냐!

일순간 전장의 모든 시선이 사자후가 터져 나온 방향을 향해 모아졌고, 이안 또한 마찬가지였다.

"음……?"

그리고 이안은 쌍검을 든 한 사내와 눈이 마주쳤다.

검붉은 갑주 위로 붉은 빛이 일렁이는 위압적인 모습의 남자…….

이안은 어쩐지 낯이 익다는 생각을 했다.

'뭐지? 어디서 본 것 같은데…….'

남자의 사자후가 다시 한 번 터져 나왔다.

-파스칼 군도에서의 못 다한 싸움을 마무리 지어야지 않겠나!

남자의 입에서 묵직하게 터져 나오는 일갈에 비로소 이안은 그가 누군지 알 수 있었다.

'아, 그 뇌옥 안에서 만났던 카이몬 제국의 유저……!'

이안은 창대를 꽉 말아 쥐었다.

묘한 호승심과 함께, 흥분되는 것이 느껴졌다.

이안의 발걸음이 그를 향해 움직였다.

"하하, 오랜만이야. 그땐 갑자기 사라져서 당황했었어."

그는 이안의 기억 속에 있는 유저들 중 손에 꼽을 정도로 정교한 컨트롤과 전투 능력을 보여 줬던 유저였다.

이안은 진심으로 그가 반가웠다.

"후후, 자신감 넘치는 태도 하나만큼은 달라진 게 없군."

전장 한복판에서 마주선 두 사람.

그리고 누군가의 입에서 조그맣게 탄성이 터져 나왔다.

"샤크란이다! 샤크란이 이안이랑 맞부딪쳤어!"

공성전이 지속되는 상황임에도, 많은 이들의 시선이 두 사람을 향해 쏟아졌다.

급박한 상황임에도 눈을 뗄 수 없는, 그런 흥미로운 광경이 연출된 것이다.

이안 또한 샤크란이라는 이야기를 듣자 더욱 흥미가 동했다.

'어쩐지, 강하더라니…… 최상급 랭커셨구먼!'

타이탄 길드의 길드마스터인 샤크란은 이안 또한 잘 알고 있는 네임드였던 것.

'전력을 다하지 않으면 제대로 싸울 수 없는 상대…….'

잠시 고민하던 이안은 결국 '셀라무스 전사의 의지' 스킬을 사용하였다.

-'셀라무스 전사의 의지' 스킬을 사용합니다.

-20분간 모든 전투 능력치가 40퍼센트만큼 상승합니다.

-'민첩' 능력치가 대폭 증가합니다.

-모든 무기에 대한 숙련도가 15레벨만큼 증가합니다.

-사용 중인 무기와 관련된 숙련도인 '창술'의 레벨이 중급 5레벨로 설정됩니다.

이안의 온몸에서 황금빛 아우라가 뿜어져 나왔다.

그것을 본 샤크란이 피식 웃었다.

"후후, 못 보던 사이에 신기한 스킬을 얻었군."

이안 또한 마주 웃으며 대답했다.

"너 또한 그때와는 다르겠지."

샤크란이 고개를 끄덕였다.

"물론!"

두 사람의 눈빛이 사뭇 진지해졌다.

그리고 잠시 후, 누가 먼저랄 것 없이, 둘은 서로를 향해 뛰어들었다.

요새 서쪽 지역에서 이안이 활약하고 있는 것과는 별개로, 전체적인 전황은 로터스 길드에게 조금씩 불리하게 돌아가기 시작했다.

십만 대군 중 절반에 가까운 전력이 일차 방어선을 넘는 데 성공한 것이었다.

그나마도 서쪽 지역을 잘 틀어막고 있는 이안과, 북쪽 지역을 휩쓸고 다니는 중인 카이자르가 있었기에 가능했던 것이다.

동남쪽의 일차 방어선이 더 이상 적들을 막아 내기에 여의치 않다는 생각이 들자, 헤르스는 서둘러 명령을 내렸다.

─제1 구역 방어선에 머물러 계신 분들 지금부터 순차적으로 후퇴합

니다. 정확히 3분 뒤 차단기를 내릴 겁니다.

이안과 헤르스는 요새를 설계할 당시, 지형지물로 완벽히 막혀 있는 북동쪽을 제외한 나머지 구역을 세 개의 구역으로 나눠서 설계했다.

그리고 지금 가장 많은 적침을 허용하고 있는 구역이 바로 헤르스가 있는 1구역이었다.

헤르스는 조금씩 뒤로 빠져나가며 천천히 방어군을 물렸다.

―이제 곧 차단기가 내려갑니다! 차단기가 내려가면 원소 타워들이 작동되기 시작할 테니, 그 전에 전부 뒤쪽으로 빠지셔야 합니다!

원소 타워는 기본 경계 타워들과는 달리 광역 속성 대미지를 입히는 타워다.

특히 가장 화력이 강력한 플레임 타워의 범위 안에 들어가면 적아를 구분하지 않고 전부 통구이가 될 수 있었다.

헤르스는 시간을 보며 카운트를 세기 시작했다.

"5…… 4…… 3……."

그리고 헤르스가 알려 주는 카운트에 맞춰, 방어군들은 열심히 이동하기 시작했다.

하지만 모든 방어군이 뒤쪽으로 후퇴하는 것은 아니었다.

뒤쪽으로 빠져나오기 어려운 위치에 있는 유저들은, 오히려 더 앞으로 적극적으로 움직이며 적을 하나라도 더 사살하기 위해 움직이기도 했다.

최전방의 라인이 무리해서 뒤쪽으로 빠진다면 적들도 낌

새를 알아챌 수 있었으니까.

　잠시 후, 헤르스의 카운트가 끝나며 요새에 굉음이 울려 퍼지기 시작했다.

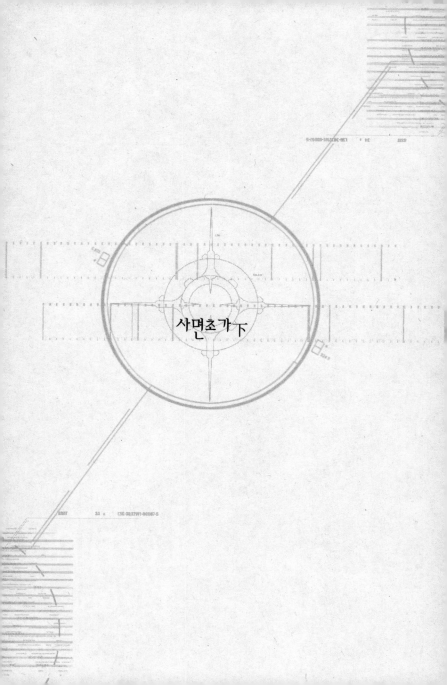

사면초가下

Taming
Master

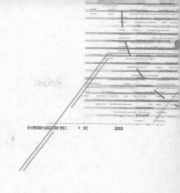

"2······ 1······ 오픈!"

그긍– 그그긍–!

바위 긁히는 소리가 울려 퍼졌다.

요새 한쪽을 막고 있던 차단기가 올라가면서 전장은 새로운 국면을 맞기 시작했다.

"저게 뭐야?"

"안쪽에 타워가 더 있었잖아!"

"제길! 어쩐지 다크루나 길드원들한테 들었던 것보다 방어 타워가 적더라니!"

첫 번째 방어선에 있던 경계 타워들은, 이미 카이몬 제국 연합군에 의해 거의 다 파괴된 상태였다.

이제야 안심하고 싸워 볼까 했던 유저들은 새로이 드러난 방어 타워들을 발견하고는 우왕좌왕하기 시작했다.

"제기랄! 게다가 원소 타워야! 뒤로 빠져!"

"뒤쪽도 막혔어! 빠져나가기 힘들다고!"

그리고 어쩔 줄을 몰라 하는 카이몬 유저들의 머리 위로 원소 타워의 공격이 분사되었다.

화르륵–!

콰콰콰쾅–!

게다가 미리 후방으로 빠져 있던 마법사들은, 각자 자신이 알고 있는 마법 중 가장 강력한 광역 마법을 캐스팅하기 시작했다.

우우웅–!

여기저기서 마나의 공명음이 울려 퍼졌다.

연이어 쏟아지는 광역 마법 세례에, 요새 동남쪽을 가득 메우고 있던 카이몬 제국군은 한순간에 새까만 재가 되어 그 자리에 주저앉았다.

지지직– 쾅!

눈 깜짝할 새에 수천이 넘는 어마어마한 병력이 증발해 버렸고, 후방에 빠져 있던 카이몬 연합군의 수뇌부는 멍한 표정이 되었다.

"하…… 저것들은 또 어떻게 공략해야 돼?"

1차 방어성만큼은 아니지만, 결코 낮지 않은 2차 방어벽과 그 사이사이에 포문을 열고 있는 원소 타워들…….

곧바로 공격에 들어가기엔 너무 많은 병력을 잃은 제국군의 수뇌부는, 곧바로 결정을 내리지 못하고 있었다.

그런데 그때, 전장에서 돌아온 이라한이 돌연 검을 검집에 집어넣으며 입을 열었다.

"여긴 일단 둡시다."

"네? 이대로 물러나자고요?"

이라한이 고개를 끄덕이며 말을 이었다.

"북쪽과 서쪽은 아직 1차 방어선도 뚫지 못했습니다. 우선 그쪽을 지원하고 나서 2차 방어벽을 뚫기로 하죠."

"음…… 그게 나으려나?"

"물론 이대로 밀어붙이면 못할 것도 없겠지만, 피해가 어마어마할 겁니다. 광역 타워들 파괴력 보시지 않았습니까, 다들. 그리고 이제 반나절 정도 후에는 전투를 중지해야 할 텐데 그때까지 저 무식한 타워들을 넘을 수 있다는 보장도 없고요."

가상현실 게임이라고 해서 현실의 피로도가 없는 것은 당연히 아니었다.

그리고 아무리 게임 폐인들이라고 하더라도 현실에서 최소한의 일정은 소화해야 했다.

한 끼 정도 굶는 것이야 크게 어렵지 않았지만, 이 많은 인원이 날밤까지 새며 공성전을 진행하는 것은 무리가 있었다.

"흠…… 그러면 일단 오늘은 최대한 1차 방어벽을 전부 뚫는 선에서 마무리를 보자는 거죠?"

"그렇습니다. 너무 서두를 필요 없다는 겁니다."

이라한의 말에 모두가 천천히 고개를 주억거렸다.

"후, 듣고 보니 이라한 님의 말이 일리가 있네요."

"십만이 넘는 전력이면 오늘 내로 충분히 파이로 영지 탈환이 가능할 줄 알았는데, 이 정도로 저항이 거셀 줄은 몰랐습니다."

결국 연합군의 수뇌부는 이라한의 주장을 받아들였고, 신속히 움직이기 시작했다.

비공개 상태이기 때문에 겉으로 드러나 있지는 않았지만 샤크란의 레벨은 162 정도였고, 이안의 레벨은 153이었다.

둘의 레벨은 실제로 10레벨 정도가 차이 나는 상태.

10레벨도 충분히 큰 차이기는 했지만, 대중은 둘의 레벨 차이가 더 크다고 알고 있었다.

"미친! 이안, 뭐 치트키라도 친 거 아니야? 샤크란이랑 어떻게 대등하게 싸우고 있는 거지?"

"지금 공식적으로 공개되어 있는 최상위권 레벨대가 160 정도니까, 샤크란 님 레벨은 160 정도이겠고…… 이안 님 레벨은 몇쯤 되려나?"

"지금 소환술사 랭킹 1위로 등록되어 있는 로렌 님이 134 레벨이네요."

"헐, 그럼 이안 레벨은 아무리 높게 쳐 줘야 140 정도인 거 아니야?"

"그렇겠죠? 140도 진짜 높게 친 거죠. 전 높아 봐야 136 정도라고 생각합니다."

이안은 지금 거의 20레벨 정도가 낮은, 게다가 대인 전투에서 사제를 제외하면 가장 허약하다는 소환술사 클래스로 샤크란을 상대하고 있는 것이었다.

일반적인 유저들의 눈에 비친 두 사람의 전투는 위와 같이 해석되었고, 그것은 엄청난 파장을 불러일으켰다.

소환술사라는 클래스에 대한 재해석이 필요하다는 이야기 까지 나올 정도였으니.

두 사람의 주변에서 전투하던 이들은 싸우던 것도 잊은 채 아예 넋 놓고 둘의 전투를 구경했다.

콰콰쾅-!

샤크란이 쏘아 보낸 붉은 검기 덩어리가 빡빡이의 몸에 맞으며 흡수되었다.

"후, 이번엔 단기 무적 스킬인가?"

이안이 피식 웃으며 대답했다.

"뭐, 그런 셈이라고 할 수 있지."

샤크란이 얼굴을 살짝 찌푸리며 쌍검을 고쳐 잡았다.

"소환술사는 이런 점이 까다롭군. 소환수마다 보유 스킬이 다 다르니 전투 자체에 적응하는 데까지 꽤 시간이 걸려. 변수도 많고."

"후후, 확실히 그럴 수도 있겠어."

이안은 창대를 만지작거리며 다시 샤크란의 움직임을 주시했다.

'놈이 쓰는 분신은, 분신이라고 생각하면 안 돼. 거의 본체랑 다를 것 없는 전투력을 갖고 있다.'

샤크란의 히든 클래스가 뭔지는 알려지지 않았기 때문에 알 수 없었지만, 그의 스킬들로 미루어 보았을 때 '환영의 무사' 정도의 이름이 붙어 있을 것 같았다.

샤크란은 본체를 포함해 총 다섯 개의 분신을 사용했으며, 어떤 조건이 적용되는지는 모르겠지만, 분신과 본체의 위치를 거의 자유자재로 스왑swap하고 있었다.

'결국 시간 내에 분신을 다 제거해야만 놈을 죽일 수 있는 건가?'

두 사람의 전투가 시작된 지는 이제 십오 분 정도 흘렀다.

그동안 이안은 다섯 개의 분신 중에 두 개를 제거하는 데 성공했고, 샤크란은 이안의 소환수들 중 할리를 전투 불능의 상태로 만드는 데 성공했다.

겉으로 보기에는 비등하거나 오히려 이안이 유리한 상황

이었지만, 이안은 자신이 점점 불리해지고 있음을 잘 알고 있었다.

'놈의 분신 스킬의 재사용 대기 시간이 얼마나 되는지는 모르겠지만, 그 시간만 돌아오면 힘들게 없앤 두 개의 분신이 다시 복구되겠지.'

반면에 생명력이 전부 소진 되서 역소환된 할리의 경우는 페널티가 풀리기 전까지 다시 소환할 수 없었다.

'셀라무스 전사의 의지' 스킬의 페널티로 인해 죽기 직전 역소환 할 수 없었던 것이다.

'조금만 더 버티다가 상황 봐서 뒤로 빠져야겠군.'

아직까지 샤크란을 혼자의 힘으로 잡는 것이 불가능하다 판단한 이안은 생각을 정리하고 전황을 살폈다.

'거의 반나절 동안 제1 방어벽을 지켜 낸 것만 해도 충분히 선전한 거니까.'

쾅 콰쾅−!

이안과 샤크란은 계속해서 부딪쳤다.

정확히 말하자면, 이안과 소환수들 그리고 샤크란과 그의 분신들이 뒤엉키며 파티 전투 같은 느낌이 연출되었다.

이안과 샤크란은 전투가 지속될수록 서로에게 더욱 감탄했다.

'저 분신들…… 어느 정도의 AI는 있겠지만, 소환수랑 비슷한 수준이겠지. 결국 저 정도 컨트롤 능력을 보이기 위해서는

일일이 유저가 전투 명령을 내려 주고 있다는 건데…….'

이안은 샤크란의 분신 컨트롤 능력에 놀라고 있었고, 샤크란은 이안의 소환수 통제 능력에 놀라는 것이었다.

서로가 비슷한 난이도의 컨트롤을 하다 보니 상대의 전투 능력을 더 정확히 이해한 것이다.

"후, 이렇게 즐거운 전투는 오랜만이야."

샤크란의 말에 이안도 고개를 끄덕이며 대답했다.

"나도 마찬가지."

이안은 스킬들의 재사용 대기 시간과 지속 시간을 한 차례 체크한 뒤 표정이 살짝 어두워졌다.

'이제 2분 정도면 셀라무스 전사의 의지 지속 시간이 끝나겠어. 아쉽지만 그 전에는 몸을 피해야겠군.'

이안이 천천히 뒤로 빠질 생각을 하고 있을 때, 마침 헤르스로부터 메시지가 날아왔다.

—헤르스 : 진성아, 지금 동서쪽 방어벽 완전히 뚫려서 2차 방어벽 가동시켰다. 너도 슬슬 뒤로 빠져야 할 거야. 이쪽에 주둔해 있던 병력이 다 서쪽으로 움직였어. 포위되면 위험하다.

마침 적절한 타이밍에 도착한 메시지에 이안은 순간 아찔함을 느꼈다.

'후, 내가 이러고 있을 게 아니라 전체적인 전황을 계속 체

크했어야 하는데…… 대인 전투가 재밌어서 여기 너무 빠져 있었네.'

이안은 빡빡이와 라이, 레이크에게 샤크란을 잠시 맡겨두고는 빠르게 후방으로 빠져 나갔다.

그러자 샤크란이 이안을 향해 검기를 쏘아 보내며 소리쳤다.

"어딜 도망가는 거냐! 전투는 마무리 지어야지!"

이안은 반사적으로 허리를 뒤틀어 검기를 피해 내고는 날렵한 움직임으로 핀의 등에 올라탔다.

"이대로 있으면 포위될 텐데, 그럴 순 없지."

핀의 위에 올라탄 이안은 빠르게 허공으로 솟구쳐 올라갔고, 때마침 시스템 메시지가 울려 퍼졌다.

-'셀라무스 전사의 의지' 스킬의 지속 시간이 끝납니다.

-모든 효과가 사라집니다.

시스템 메시지를 본 즉시, 이안은 핀을 제외한 모든 소환수들을 소환 해제했다.

"소환 해제!"

그러자 샤크란의 앞을 가로막고 있던 라이와 빡빡이, 그리고 레이크가 하얀 빛이 되어 사라졌다.

전장의 상공으로 순식간에 올라온 이안은, 지휘관의 위엄 효과를 켜고 분주하게 명령을 내리기 시작했다.

-이제 곧 2차 방어벽을 발동시킬 겁니다! 모두 뒤쪽으로 빠져 주세요!

로터스 길드의 병력들은 이안의 명령에 따라 일사불란하게 움직였다.

이안과 손발을 맞춰 본 적이 없는 타 길드의 유저들 또한 처음에만 조금 우왕좌왕했을 뿐, 금방 적응하고 움직이기 시작했다.

잠시 후 파이로 영지의 모든 1차 방어선은 완벽히 오픈되었고, 2차 방어선 안쪽으로 모든 방어 병력이 이동했다.

그리고 자연히 전투는 소강상태가 되었다.

"와 씨, 우리 지금 전투 시작한 지 8시간 지난 거 아냐?"

"미쳤네. 무슨 공성전을 8시간을 해? 게다가 아직 끝난 것도 아니야."

양측 진영 할 것 없이 지칠 대로 지친 유저들은 축 늘어져 휴식을 취하기 시작했고, 결국 카이몬 제국의 연합군은 일단 말머리를 돌려 야영지로 향했다.

각자 정비를 위해 마을로 돌아서는 카이몬 제국의 유저들은 저마다 고개를 절레절레 저으며 한마디씩 했다.

"난 지금 어이가 없네. 무슨 십만이 넘는 병력으로 10분의 1 수준 병력밖에 없는 방어성을 못 뚫고 이러고 있냐?"

"내 말이. 진짜 무슨 방어 요새에 저렇게 투자를 많이 했지? 내가 지금까지 공성전 수십 번은 뛰어 봤는데, 이런 방어 요새는 처음이야."

수뇌부 역시 예상치 못했던 상황에 전체적으로 당황하는

분위기였으나, 그래도 1차 방어벽을 격파했다는 성과가 있었으니 이제 하루 이틀이면 점령이 가능하리라는 긍정적인 결론을 지었다.

그렇게, 파이로 영지 공성전의 첫날이 지나갔다.

"벌써 사흘쨉니다, 사무엘 님."

중부 대륙 극동부에 있는 오클란 길드의 대영지.

그리고 영주성 안에는 두 사람이 서로를 마주보며 심각한 표정으로 대화를 나누고 있었다.

두 사람은 오클란 길드의 길드마스터인 사무엘 진과 스플렌더 길드의 길드마스터인 마틴이었다.

"후, 그러게 말입니다. 이건 생각지도 못했던 상황이군요."

마틴의 인상이 살짝 찌푸려졌다.

"아니 카이몬 연합군 머저리들은 대체 왜 열 배의 전력으로 저렇게 빌빌거리고 있는 건지……."

연합군이 파이로 영지를 공격하기 시작한 지 벌써 사흘이라는 시간이 지났다.

첫째 날에 첫 번째 방어성이 뚫리기는 했으나, 아직까지 두 번째 방어성은 견고한 상태다.

그리고 파이로 영지가 오래 버티면 버틸수록 루스펠 제국의 기득권층이었던 거대 길드들은 불안해져만 갔다.

하루하루 버틸 때마다 파이로 영지가 얻는 이득이 어마어마했으니까.

견고한 방어 요새를 통해 로터스 길드는 자신들보다 훨씬 덩치 큰 적들을 상대로 계속해서 선전하고 있었고, 그렇지 않아도 큰 전쟁 보상이 더욱 불어나고 있는 것이었다.

"흠…… 오늘을 기점으로 로터스 길드가 길드 랭킹 20위권 안쪽으로 진입했더군요."

길드 랭킹 시스템은 매일 자정을 기점으로 갱신된다.

그리고 오늘 날짜 기준으로, 로터스 길드는 19위에 랭크되어 있었다.

"그러게 그때 로이첸 님이 돕겠다고 했을 때 말렸어야 한다니까, 쯧."

사무엘 진은 주먹을 꾹 말아 쥐었다.

'누가 이렇게 될 줄 알았나.'

사무엘 진은 나름 머리를 쓴 것이었다.

로이첸이 벨리언트 길드의 전력으로 로터스 길드를 돕겠다고 했을 때, 못이기는 척했던 것도 사실 그의 머릿속에 구상되어 있던 전략의 일부였다.

'어차피 승산 없는 싸움, 벨리언트 길드가 뛰어들어 길드 전력이나 좀 소모시키길 바랐는데…….'

루스펠 제국의 3대 길드의 전력은 거의 엇비슷했다. 그래서 약간의 차이로도 금방 순위가 뒤집히는 만큼, 사무엘 진은 벨리언트 길드의 전력이 조금 약화되기를 바랐던 것이었다.

하지만 약화되기는커녕, 공성전에 참여한 벨리언트 길드는 오히려 많은 이득을 취하고 세 길드 중 가장 위 순위에 자리를 잡았다.

사무엘 진과 마틴의 입장에서는 최악의 상황이 된 것이었다.

눈을 감고 생각에 잠겨 있던 사무엘 진이 마틴을 슬쩍 응시하며 천천히 입을 열었다.

"제가 손을 좀 써 보겠습니다."

그에 마틴의 두 눈이 살짝 빛났다.

"뭔가 방법이 있으신 겁니까?"

사무엘 진은 대답대신 살짝 고개를 끄덕여 보이며 눈을 감았다.

그리고 그의 머리가 빠르게 회전하기 시작했다.

"그러니까…… 우릴 도와주겠다는 겁니까?"

어둠이 짙게 깔린 달밤, 그리고 카이몬 제국 연합군 진영의 외곽에 있는 한 조용한 막사.

그 안에는 몇몇의 인물이 둘러앉아 이야기를 나누고 있

었다.

특이점이라면, 나머지 인물들은 카이몬 제국의 문양이 수놓아져 있는 망토를 메고 있는 반면에 한 남자는 아무런 치장도 없는 새카만 흑의를 입고 있다는 점이었다.

흑의 남자가 입을 열었다.

"그렇습니다. 정확히 말하면 돕는 건 아니죠."

"흠……?"

"'거래'라고 해야 더 맞는 표현이겠죠."

"거래라……."

흑의 사내와 맞은편에 앉아 있던 남자가 관자놀이를 살살 문지르며 입을 열었다.

"거래라면 그쪽도 우리한테 원하는 게 있을 텐데, 그건 뭡니까?"

그의 물음에, 흑의 사내가 천천히 대답했다.

"우리가 원하는 건 우리에게 일주일 정도 전쟁의 탑을 열어 주는 겁니다."

"……!"

그의 말에 막사 안에 있던 남자들의 표정이 누구 하나 예외 없이 굳어 버렸다.

"그건…… 크흠……."

그들이 망설이는 빛이 보이자, 흑의 사내가 다시 말을 이었다.

"그쪽 입장에서는 크게 손해 보는 제안은 아닐 텐데요? 우리는 그동안 모아 뒀던 전공 포인트나 좀 쓰겠다는 거고, 대신에 그대들은 2차 방어선을 쉽게 뚫을 수 있을 테고……."

하지만 아무도 쉽게 대답을 하지 못했고, 남자의 말이 다시 이어졌다.

"최근 전황을 보면 내 도움 없이 연합군이 2차 방어벽을 뚫는 건 쉽지 않아 보이는데, 기약 없이 병력, 자원만 소비하면서 계속 이렇게 무식하게 대치할 생각입니까?"

그는 그 말을 끝으로 입을 닫았으며, 제법 긴 시간 동안 침묵이 이어졌다.

그리고 그렇게 이어지던 정적은, 한 남자가 자리에서 일어섬과 동시에 깨어졌다.

"그 제안, 받아들이도록 하지."

중부 대륙에서도 두 제국 세력이 맞물려 있는 중심 지역의 거점지들은, 길드의 깃발이 꽂혀 있더라도 제대로 발전된 곳이 거의 없었다.

언제 공성전이 발발할지 모르고, 또 언제 거점지의 소유자가 바뀔지 모르기 때문이었다.

그렇기에 중심 지역 근방에서 사냥 중인 카이몬 제국 소속의 유저들은 쉴 곳이 없었다.

"하, 진짜 중부 대륙은 경험치도 쩔고 아이템도 잘 드롭되고 다 좋은데, 사냥하고 정비할 만한 영지나 마을이 없어."

"그러니까 말이야. 잡템들 팔 때도 너무 손해 보고 파는 거 같아서 짜증나네."

하지만 루스펠 제국의 유저들은 달랐다.

지역 안에서 유일하게 대영지의 단계까지 거점 레벨이 올라가 있는 거대 영지인 파이로 영지가 중심 지역 한복판을 굳건히 지키고 있었기 때문이었다.

그렇기에 대부분의 루스펠 제국 소속 유저들과 NPC들은 파이로 영지를 이용할 수밖에 없었고, 그것은 파이로 영지가 성장하는 데 엄청난 원동력이 되었다.

"햐, 파이로 영지는 대체 이 전장 한복판에서 어떻게 이렇게 발전이 빠른 거야?"

"그러니까 말이야. 이제 곧 있으면 어지간한 북부 대륙의 영지들보다 훨씬 좋아지겠어."

심지어 며칠째 공성전이 진행되고 있는 이 시점에도, 파이로 영지 안은 많은 유저들로 붐볐다.

사실 영지가 함락될 것 같으면 로그아웃을 하거나 귀환석을 이용해 다른 곳으로 대피하면 되기 때문에 큰 리스크가 없기도 했다.

귀환석은 전투 중이 아닐 시에는 언제든지 사용이 가능

했다.

위이이잉─.

─곧 공성전이 시작되오니. 영지 외곽 쪽에 계신 유저분들께서는 속히 몸을 피해 주시기 바랍니다.

해가 중천에 걸리자 여지없이 공성전이 다시 시작되었고, 영지 외곽 쪽에 있던 유저들은 영지 중심부로 자리를 이동했다.

"오늘도 시작이군."

"그러게 말이야. 오늘도 버텨 낼 수 있으려나?"

"아마 그렇지 않을까? 아직 2차 방어벽도 안 깨졌는데. 나는 3차 방어벽도 있다고 알고 있어."

유저들은 두런두런 이야기를 나누며 걸음을 옮겼다.

그런데 모든 유저들이 영지 안쪽으로 들어가고 있는 이때, 한 남자는 거꾸로 영지 외곽을 향해 이동하고 있었다.

검정색 도복을 입고 두건과 복면으로 얼굴까지 가린 남자.

그는 미리 로터스 영지의 안쪽으로 들어와 있던 림롱이었다.

'시작이군. 그나저나 정말 이 방법까지 써야 할 줄은 몰랐는데…….'

림롱은 최대한 눈에 띄지 않게 움직여 영지 외곽의 성벽으로 이동했다.

그리고 성벽에 도착하자마자 은신 스킬을 사용했다.

스르륵-.

그의 신형이 허공에서 감쪽같이 사라졌다.

그는 능숙한 몸놀림으로 빠르게 벽을 타고 올라가기 시작했다.

'어디 보자…… 여기서 이쪽으로 움직이면 됐었지?'

림롱은 품속에서 지도를 펼쳐 들고 빠르게 자신의 위치를 한번 확인했다.

여러 번 잠입한 그린 결과, 파이로 요새의 지도는 거의 정확하게 완성되어 있었다.

'이 아래쪽에 디텍팅 타워가 하나 있었고…….'

림롱은 아슬아슬하게 디텍팅 타워의 시야 바깥으로 움직이며 요새 안쪽을 헤집고 다녔다.

그리고 그렇게 십여 분 정도를 움직이자, 전방에 요란한 소리가 들려오기 시작했다.

'후후, 제대로 찾았군. 이제 저기만 넘어가면 성문에 근접할 수 있겠어.'

완벽히 경로 파악을 끝낸 림롱은, 품속에 지도를 집어넣어 두고 가볍게 도약하여 2차 방어벽의 근처로 접근했다.

그리고 바로 지근거리에 도착한 그는 로터스 길드 유저들의 시선이 닿지 않는 곳에 몸을 숨겼다.

'생각보다 쉬운데? 다들 공성전에 정신이 팔려 있어서 그런가?'

중간중간 움직임이 노출될 만한 구간이 충분히 많았음에도, 림롱은 쉽게 목표했던 위치까지 움직여 갈 수 있었다.

방어 병력이 모두 공격해 오는 연합군에 정신이 팔려 있었기에 가능했던 것이리라.

림롱은 몸을 숨긴 채 때를 기다렸다.

'지금은 보는 눈이 너무 많아. 최대한 시선이 분산됐을 때, 시작해야겠어.'

그는 느릿느릿하고 조심스러운 움직임으로 품속에서 쌍륜을 꺼내어 들었다. 그러고는 마치 석고상처럼 미동조차 하지 않고 가만히 있었다.

그렇게 십여 분 정도가 지났을까?

방금까지 돌처럼 굳어 있던 사람이 맞을까 싶을 정도로, 림롱의 신형이 빠르게 튀어 올랐다.

타탓-!

륜의 검날이 시뻘건 빛을 머금었다. 그리고 그 주위에 이글거리는 보랏빛 기류가 허공을 수놓기 시작했다.

"흐읍!"

림롱은 최대한 호흡을 짧게 가져가며 2차 방어벽의 관리실 앞에 서 있던 둘의 로터스 병사를 동시에 처치했다.

촤아악-!

군더더기 없이 깔끔한 움직임과 함께 목덜미 뒤쪽으로 파고드는 림롱의 검날에 130레벨 정도 레벨의 경계병들은 저항 한번 해 보지 못한 채 그대로 축 늘어졌고, 림롱은 재빨리 관리실 안쪽으로 들어갈 수 있었다.

'후후, 성공이군.'

림롱은 성큼성큼 걸음을 옮겨 관리실 안쪽에 있는 레버를 향해 다가갔다. 그리고 손잡이에 손을 올린 그는 망설임 없이 그것을 잡아당겼다.

드르륵-!

손잡이가 경쾌한 소리를 내며 뽑혀 내려오고 잠시 후, 방어벽 전체에 굉음이 울려 퍼지기 시작했다.

콰아아아-!

림롱은 관리실 바깥을 한번 확인하고는 만족스러운 표정이 되었다.

"이걸로 되었겠지."

그는 륜을 치켜들어 레버를 향해 빠르게 휘둘렀다.

서걱-

밧줄이 깔끔하게 잘려 나가고, 림롱은 중얼거리며 관리실 바깥을 향해 걸음을 옮겼다.

"이제 문은 다시 닫을 수 없겠지."

카일란 공식 커뮤니티의 메인 채팅방.

이곳은 며칠 전부터, 사실상 파이로 영지 공성전을 시청하는 시청자들의 실시간 담론장으로 변한 지 오래였다.

커뮤니티 메인 화면에 라이브로 재생되고 있는 공성전 영상을 시청하는 모든 유저들이 메인 채팅방으로 몰렸기 때문이었다.

전투 영상은 그저 보는 것만으로도 즐겁기는 했지만, 누군가와 시답잖은 이야기들을 나누면서 구경하는 게 더 신났기 때문이었다.

— 키야, 오늘도 기세가 전혀 줄어들지 않았는데요?

— 그러게 말이에요. 오늘도 파이로 영지, 2차 방어벽 지켜 내나요?

—진짜 미친 방어력이에요. 저거 원소 타워들이 너무 강해서 아예 벽을 타는 것 자체가 불가능한데, 그렇다고 투석기로 벽을 허물어 버리기엔 공간이 너무 협소해요.

—윗 님 말씀에 동감. 내가 카이몬 연합군 수뇌부였어도, 저건 진짜 답이 안 보임.

—아니 그래도 숫자가 저렇게 많은데 저걸 못 뚫어요?

—님아, 화면 보고 계시면 느끼겠지만, 요새 설계 자체가 너무 잘돼 있어요. 어찌어찌 벽을 타고 올라가는 데 성공한다 싶으면, 아래쪽에서 문이 열리고 방어군이 뛰쳐나와서 다 학살하잖아요.

—그래도 일단 한번 밖으로 나온 방어군들은 다 전멸하는데, 이런 식으로 계속 로터스 병력 줄이면, 결국 수적으로 압도적인 연합군이 이길

것 같은데요?

　－저도 그렇게 생각합니다. 지금까지 버틴 것 자체가 대단하긴 하지만, 곧 있으면 인원도 딸리고 자원도 다 떨어져서 파이로 영지는 결국 함락되겠죠.

　유저들은 신이 나서 공성전에 대해 갑론을박을 펼치고 있었다.

　그런데 그때, 누군가가 당황한 듯 빠르게 채팅을 쳐 올리기 시작했다.

　－님들! 지금 A채널 봐요!

　－네? 왜요? 뭐 있어요?

　－빨리, A채널로 다 바꿔 봐요! 진짜 대박! 저거 왜 저래, 지금?

　－뭔데, 뭔데! 지금 B채널 한참 재밌었는데. 님이 그러니까 봐야 할 것 같잖아요!

　공성전이 치러지고 있는 전장은 무척이나 넓다.

　그렇기에 공식 커뮤니티에서도 여러 군데 촬영 수정을 띄워 놓았고, 그렇기에 총 다섯 개의 채널에서 공성전 영상이 방영 중이었다.

　그중에서도 A채널의 촬영 수정은, 2차 방어벽에서도 가장 대규모 공성전이 펼쳐지고 있는 중앙 지역을 찍고 있는 촬영 수정이었다.

　-와, 미친! 저거 지금 왜 열리는 거예요?

　-뭐지? 연합군에서 요새 안쪽에 잠입하는 데 성공한 거야?

　-아니, 지금 저거 열리면 어떻게 되는 거야? 맙소사!

유저들이 당황한 이유는 다른 것이 아니었다.

파이로 요새의 2차 방어벽 정 중앙에 있는 가장 큰 성문이 천천히 위로 올라가며 열리고 있었던 것이다.

그리고 기다렸다는 듯, 수많은 연합군의 병력이 문을 향해 미친 듯이 달려 들어갔다.

원소 타워나 원거리 공격에 의해 죽어 나가는 유저들이 생겨났다.

하지만 일단 안쪽으로 진입해야 된다는 생각인지 카이몬 제국 유저들은 멈추지 않고 정문 안쪽으로 계속해서 밀려들어갔다.

　-와 씨, 이거 대체 뭐야! 이러면 오늘 이대로 2차 방어벽 뚫리겠는데?

　-돌았다. 진짜. 정문이 열릴 줄은 상상도 못했어!

　-헐…… 님들, 혹시 안쪽에 세작이 있었던 거 아닐까요? 카이몬 제국 소속 유저가 부캐 만들어서 로터스 길드에 잠입시켜 놨다든가…….

　-윗 님 바보임? 가상현실 게임에 부캐가 어디 있어요?

-뭐, 아니면 돈으로 꼬였을 수도 있죠.

수많은 추측이 난무하는 가운데, 영상 속의 공성전은 점점 알 수 없는 방향으로 치달아 가고 있었다.

"대체 뭐가 어떻게 된 거야?"

한창 전장을 지휘하는 중이던 이안은, 생각지도 못했던 사태에 소스라치게 놀랐다.

굳건히 닫혀 있어야 하는 방어벽의 정문이 제멋대로 열리고 있는 것이다.

-관리실에서 가장 가깝게 있는 길드원분 있으면 빨리 레버 끌어 올려서 문 닫아요! 지금 메인 도어 열리고 있습니다!

이안이 다급히 명령을 내렸지만 잠시 후 길드 채팅을 통해 돌아온 답은 무척이나 절망적이었다.

-이안 님, 레버 부서져 있어서 문 닫을 수가 없는 상황이에요! 누군가 의도적으로 문을 열고 레버를 부숴 버린 것 같아요!

-네?

이안은 너무 당황스러운 나머지 할 말을 잃고 말았다.

하지만 곧 정신을 차린 이안은 빠르게 명령을 전달하기 시작했다.

-각자 위치에 있던 길드원 분들, 20퍼센트 정도만 남기고 전부 중앙 쪽으로 지원 와 주세요!

어차피 정문이 열렸다면, 적들도 무리해서 성벽을 오르려고 하지는 않을 터였다.

그렇다면 열린 중앙의 문 앞에 최대한 많은 전력을 배치시켜 밀려드는 적의 병력을 막아 내야만 했다.

'제기랄, 대체 어떤 놈이 한 짓이야?'

하지만 지금 누가 범인인지가 중요한 것은 아니었다.

당장의 급한 불을 끄는 것이 가장 중요한 것이다.

-후방 지원 병력은 빨리 3차 방어벽으로 이동해서 방어 준비 시작해요! 최대한 빨리!

한동안 2차 방어벽을 지켜 내는 데 문제가 없을 것이라 생각했던 방어군은, 3차 방어벽에 아무런 방어 준비도 해 놓지 않았던 것이다.

'이대로 3차 방어벽까지 밀려들어 가면, 그쪽 방어 시설은 써 보지도 못하고 그대로 함락당할 거야.'

그런 일만은 어떻게든 막아 내야 했고, 이안은 필사적으로 몸을 움직였다.

'제기랄, 내가 어떻게든 막아 내고 만다!'

이안은 카이자르를 비롯해, 모든 가신들과 고레벨의 유저들을 불러 모았다.

이안은 3차 방어벽을 향해 급하게 이동하는 후방 부대들을 힐끗 응시하며, 주먹을 꽉 말아 쥐었다.

'한 시간, 딱 한 시간만 버텨 내면 돼.'

사실 암살자가 침투하여 성문을 여는 작전은, 최근 몇몇 공성전에서 이미 쓰였던 방식이었다.

또한 그 때마다 효과도 탁월했었다.

그래서 파이로 영지 또한 암살자가 쉽게 침투할 수 없도록, 디텍팅 타워를 촘촘히 박아 놓은 상태였다.

'문제는 같은 편인 루스펠 제국 소속의 암살자가 이런 미친 짓을 할 줄은 몰랐다는 거지.'

이안은 범인이 아군일 것이라고 확신했다.

아무리 뛰어난 암살자라고 해도 뚫을 수 없을 만큼, 성채 전면의 디텍팅타워 배치는 정말 완벽했으니까.

그리고 생각나는 인물이 하나 있었다.

'그때 그놈이 분명해.'

셀라무스 퀘스트를 완료한 뒤 귀환하던 도중 성 밖에서 마주쳤던 암살자.

이안은 이를 뿌드득 갈았다.

'너무 안일했어. 그때 조금 더 의문을 가졌어야 했는데.'

사실 안일했다기보다는 너무 정신이 없던 상황이었다.

이안이 복귀하던 타이밍은 공성전이 발발하기 정말 직전의 상황이었고, 정체모를 의문의 암살자를 신경 쓰기엔 공성전을 위해 준비해야 할 것들이 너무도 많았었다.

'일단 이 상황부터 버텨 내고, 그 뒤를 생각해 보자.'

디텍팅 타워가 아무리 촘촘히 박혀 있다고 하더라도 영지 안쪽에서 잠입한 암살자의 움직임까지 전부 잡을 수 있을 정도는 아니었고, 덕분에 이런 대참사가 벌어진 것이다.

하지만 이안은 더 이상 자책하지 않았다.

끝날 때까지 끝난 것은 아니니까.

'빡빡이 재소환 가능 시간이 얼마나 남았지?'

이안은 모든 스킬들의 재사용 대기 시간과 소환수들의 소환 가능 시간을 체크했다.

그리고 잠시 후, 핀의 등에 올라탄 이안은 허공으로 빠르게 솟구쳐 올라갔다.

"핀, 성문 위쪽으로 최대한 높게 올라가자!"

꾸루룩―!

새까만 점이 될 만큼 높은 지점까지 올라선 이안은, 일전에 했던 방식과 같은 방식으로 빡빡이를 낙하시켰다.

쐐애애액―!

거칠은 파공음과 함께 성문 위로 떨어져 내리는 빡빡이의 거구.

잠시 후, 성문에 도달하기 직전, 빡빡이의 몸이 황금빛으로 빛나며 전장에 굉음이 울려 퍼졌다.

콰아앙―!

"미친, 이게 뭐야!"

"운석이라도 떨어지는 줄 알았잖아!"

빡빡이는 성벽 위에 웅크린 자세 그대로 떨어져 내렸다.

어느새 따라 내려온 이안은 침을 꿀꺽 삼키며 속으로 중얼거렸다.

'제발 무너져라!'

그리고 이안의 기도가 먹히기라도 한 것인지, 성벽에 천천히 금이 가기 시작했다.

쩍– 쩌저적–!

"무너진다! 피해!"

성문을 통해 들어오던 카이몬 제국 연합군의 유저들은 혼비백산하여 흩어지기 시작했다.

하지만 통로의 넓이에 비해 너무 많은 인원이 몰려 있어서인지, 절반 이상의 유저가 몸을 피하지 못하고 그대로 깔려 버리고 말았다.

쿠구구궁–!

그 모습을 확인한 이안은 안도의 한숨을 짧게 내쉬었다.

'휴, 그래도 다행이야.'

환하게 열려 있던 성문은 막혀 버렸지만, 무너져 내린 위쪽으로 제국군의 병력들은 여전히 유입되었다.

그래도 이전보다는 훨씬 양호한 수준이었기에, 방어군은 한시름 돌릴 수 있었다.

"이안, 이게 어떻게 된 일이지? 여긴 왜 이렇게 난장판인가?"

어느새 나타난 카이자르가 어이없는 표정이 되어 이안에게 물었고, 이안은 고개를 절레절레 저었다.

"설명하자면 길어. 일단 막아 보자고."

창대를 길게 늘어뜨리며 전장을 향해 뛰어 내리는 이안을 따라 카이자르도 대검을 뽑아들고는 적들을 향해 달려들었다.

"원 없이 싸울 수 있겠군. 확실히 수성전보다는 백병전이 재밌는 법이지."

한동안 성벽 위에서 기어오르는 적들만 상대하는 게 지루했던 모양인지, 카이자르는 신이 나서 날뛰기 시작했다.

그렇게 방어군은 밀려드는 적들을 상대로 힘겨운 싸움을 시작했다.

시끌벅적 떠들어 대며 공성전을 관람하던 가상현실과의 학생들은 어느 순간부터 정적 속에서 굳은 자세로 화면을 응시하고 있었다.

"아…… 제발……."

아그작!

세원은 민아의 입에서 들려오는 과자 부서지는 소리에 반사적으로 그녀를 째려보았다.

"얌마, 좀 조용히 먹어. 지금 이렇게 중요한 순간에!"

"아 알았어요, 죄송……."

조용히 있던 수철 또한 한마디 거들었다.

"으, 제발 막았으면 좋겠다."

그렇게 숨죽여 관람하기를 20분 정도가 지났을까?

민아가 갑자기 화면을 향해 손가락질 하며 입을 열었다.

"오빠, 저기! 저거 뭐예요?"

"뭔데?"

순간 과실 안에 있던 모든 학생들의 시선이 민아가 가리킨 곳을 향했고, 그곳에는 이안이 있었다.

"얌마, 진성이잖아. 뭐긴 뭐야?"

세원의 핀잔에, 유심히 화면을 보던 수철이 고개를 갸웃하며 대답했다.

"전장에서 계속해서 뭔가 보라색 빛줄기 같은 게 진성이를 향해 빨려 들어가는데요?"

그리고 화면을 다시 확인한 세원 또한 눈을 크게 뜨며 입을 열었다.

"어? 그러네?"

열심히 창대를 휘두르며 연합군과 드잡이질을 하는 이안의 하복부를 향해 보랏빛 기운이 계속해서 빨려 들어가기 시작했으며, 종래에는 그 기운이 모여 구체를 만들어 내었다.

그리고 다음 순간, 과실 안에는 탄성이 울려 퍼졌다.

"오와, 저게 뭐야?"

'뭐지? 신룡?'

정신없이 싸우느라 자신에게서 일어나는 변화에 신경 쓰지 못하고 있던 이안은, 문득 허리 부근에 모이고 있는 보랏빛 기류를 보며 눈을 크게 떴다.

콰아앙-!

달려드는 적을 처치한 이안은 뒤로 살짝 빠지며 인벤토리를 확인했다.

-카르세우스의 알 - 부화율 : 99.99퍼센트 (부화 중)

"……!"

그야말로 이안이 기다리고 기다렸던 소환수의 부화였다.

하지만 이안의 표정은 썩 좋지 못했다.

신룡이 부화한다는 사실 자체는 쌍수 들고 환영할 만한 일이었지만, 그렇다고 해서 당장 도움이 될 부분은 없었기 때문이었다.

'아무리 엄청난 놈이 나온다고 해도 1레벨을 어디다 써먹어?'

게다가 처음 태어났을 때 얼마의 잠재력을 가지고 태어날지도 알 수 없는 노릇이다.

신룡이 태어나더라도 잠재력이 100이 되기 전엔 1레벨도 올릴 생각이 없었기에, 지금 상황에서 신룡의 부화는 그야말로 의미 없는 것이었다.

희박한 확률로 모태 잠재력 100을 가진 개체일 수도 있기야 하겠지만, 그것을 바라는 것은 욕심이었다.

"제길, 일단 싸우자!"

이안은 창대를 고쳐 쥐고 다시 전장으로 뛰어들었다.

지금은 신룡의 부화에 신경 쓸 시간에, 당장 적 유저 한 명이라도 게임아웃 시키는 게 더 중요했다.

쾅- 콰쾅-!

이안은 뒤쪽에서 자신을 서포팅하고 있던 세리아를 향해 물었다.

"세리아, 3차 방어선 준비가 얼마나 됐는지, 좀 알아봐 줄수 있겠어?"

"네, 영주님, 알아보고 바로 알려 드리겠습니다!"

세리아는 대답한 뒤 빠르게 와이번에 탑승하여 날아갔다.

이안은 자신의 남아 있는 생명력 게이지를 다시 한 번 확인한 뒤, 이를 악물었다.

'남은 생명력은 한 5만 정도. 이 정도면 좀 아슬아슬하긴 하지만, 내가 지금 뒤로 빠질 수는 없으니까.'

이안은 정령왕의 심판을 풍차처럼 휘두르며 적들의 한복판으로 뛰어들었다.

조금은 어색했던 창이라는 무기에, 이제는 완벽히 적응한 모습을 보이는 이안이었다.

좌라라라락-!

"저기, 이안이다! 저놈부터 잡아!"

그런데 그때, 정신없이 싸우던 이안의 시야에 생각지도 못한 시스템 메시지들이 연이어 떠오르기 시작했다.

－전장에서 보여 준 당신의 용맹함으로 인해, 전쟁의 신이 깨어납니다.

－신룡 카르세우스 알의 부화율이 100퍼센트에 도달했습니다.

그리고 이번에는 이안뿐만 아니라 모든 유저들의 시야에 한 줄의 메시지가 떠올랐다.

－고대 전설 속의 일곱 신룡 중 첫 번째 용이 세상에 모습을 드러냅니다.

쿠오오오-!

굉음과 함께 이안을 중심으로 강렬한 돌풍이 몰아치기 시작했다.

'뭐야? 대체 뭐가 어떻게 되고 있는 거야?'

이안을 중심으로 10~20미터 정도 안쪽에 있던 유저들은, 몰아치는 광풍으로 인해 바깥으로 밀려 나갔고, 그 모습을 발견한 카이몬 제국의 유저들은 기겁을 하며 소리쳤다.

"저 미친놈이 또 이상한 짓 한다!"

"피해! 또 뭔 짓 할지 몰라!"

아직까지 빡빡이 메테오가 너무 강렬히 남아 있었는지, 이안을 중심으로 나타나는 기이한 광경에 카이몬 제국의 유저들은 슬금슬금 이안과의 거리를 벌렸다.

하지만 정작 당황한 것은 이안이었다.

'어어? 몸은 또 왜 갑자기 이러는 거야?'

온몸이 자신의 통제를 벗어나 버렸던 것이다.

이안의 몸은 조금씩 허공으로 떠오르기 시작했고, 자연히 그를 향해 모두의 시선이 모아졌다.

"이안이다! 궁수랑 마법사들 뭐해? 저놈부터 포격해!"

허공에 무방비 상태로 떠오른 이안을 발견한 카이몬의 유저들은 일제히 이안을 향해 원거리 공격을 했다.

쾅- 콰쾅-!

하지만 무슨 이유에서인지, 투사체들은 이안의 근처에 도달하기도 전에 허공에서 소멸되어 버렸다.

후우웅-!

전장의 곳곳에서 보랏빛 기류들이 이안을 향해 계속 빨려 들어갔고, 그것은 그야말로 장관이었다.

'대체 뭐가 어떻게 되는 거지?'

이안은 의아한 표정이 되었지만, 덕분에 시간을 제대로 끌고 있었으니 다행이라는 생각을 했다.

'그래, 이제 곧 있으면 3차 방어선의 방어 준비가 다 끝날 테니까.'

이안은 아예 편한 마음으로 지금의 상황을 관조하기 시작했다.

그리고 이안의 인벤토리에서 멋대로 튀어나온 신룡의 알

이, 그의 앞에 두둥실 떠올랐다.

우우웅-.

신룡의 알은 커다란 공명음을 울리며 제자리에서 진동하기 시작했고, 원래도 작지 않았던 그 크기가 점점 더 확장되기 시작했다.

'신룡이라서 그런지 부화하는 것도 정말 요란하구만.'

일찍이 전설 등급의 소환수인 핀의 부화 장면도 눈앞에서 봤던 이안이었기에, 크게 놀라지는 않았다.

그리핀이 부화하는 모습도 지금에 비해 크게 부족하지 않을 정도로 충분히 화려했었으니까.

'어라, 근데 이번에는 알 자체가 모습이 변하는 건가?'

알을 깨고 새끼 용이 나타날 줄 알았던 이안은, 하얗게 빛나는 알의 외형 자체가 꿈틀대며 바뀌는 것을 보고 흥미로운 표정이 되었다.

그런데 그때, 이안의 눈앞에 당황스러운 메시지가 떠올랐다.

-소환술사의 통솔력 부족으로, 전쟁의 용 카르세우스를 제외한 모든 소환수들이 강제로 역소환됩니다.

이안은 자신도 모르게 헛바람을 집어삼켰다.

"뭐, 뭐라고?"

생각지도 못했던 치명적인 상황이 펼쳐졌다

한참 싸우고 있던 소환수들이 소환 해제당하면, 이안의 전력은 절반 이하의 수준으로 떨어질 것이었다.

'아니, 지금 나와 봤자 레벨 1짜리 꼬꼬마인 주제에!'

소환수를 통제하기 위해 필요한 통솔력은, 당연히 해당 소환수의 레벨에 비례해 증가한다.

그렇기 때문에 신룡이긴 해도, 통솔력이 부족할 것이라는 생각 자체를 해 본 적 없던 이안이었다.

'그래도 모든 통솔력을 동원하면 신룡을 소환할 수는 있다는 것에 감사해야 하는 건가?'

사실 이안은 몰랐지만, 지금 이안의 통솔력을 전부 동원하더라도 신룡을 소환하는 건 사실 불가능했다.

그걸 가능케 해 주는 것은, 드래곤 타입의 소환수들을 소환하는데 필요한 통솔력을 절반으로 줄여 주는 '드래곤 테이머의 머리 장식' 아이템 덕분이었던 것이다.

아마 통솔력이 부족했더라면, 아예 부화 자체를 하지 않았을 것이었다.

한편 이안이 이런저런 생각을 하는 사이, 커다란 수박 정도의 크기였던 신룡의 알은 어느새 드레이크 킹인 레이크의 몸집보다 더 커진 드래곤의 모습으로 변해 있었다.

그리고 새하얀 빛으로 휘감겨 있던 묵빛의 드래곤의 시선이, 천천히 이안을 향해 돌아갔다.

-그대가…… 날 깨운 인간인가……?

전국에 실시간으로 방영되고 있는 이 전장.

게다가 위엄이 철철 흘러넘치는 드래곤의 앞이었기에, 이안은 그럴 듯한 대답을 하고 싶었다.

이안은 속으로 무슨 말을 해야 할지 열심히 생각했다.

'무슨 말을 해야 간지가 나려나?'

하지만 이안은 그런 생각을 할 필요가 없었다.

마치 황제의 퀘스트를 완료했을 때처럼, 이안의 입은 이미 제멋대로 움직이기 시작했으니까.

"그렇다, 전룡 카르세우스여."

우우웅-!

이안의, 정확히 말하자면 이안의 몸을 지배하고 있는 시스템의 대답에 카르세우스는 몸을 부르르 떨며 허공을 향해 포효했다.

캬아아오오-!

그리고 카르세우스의 말이 이어졌다.

-후후, 이곳은 전장이로군. 끈적한 피 냄새, 그리고 용맹스런 함성.

한차례, 전장을 내려다 본 카르세우스가 천천히 입을 떼었다.

-바로 이곳이 내가 있어야 할 곳.

하지만 멋들어진 위용을 뽐내며 이안의 기대치를 한껏 올려놓은 카르세우스의 레벨은 당연히 1이었다.

몸이 움직이지 않는 상황에서도 소환수의 정보는 확인해 볼 수 있었기에, 이안은 이미 카르세우스의 정보 창을 훑어 본 것이었다.

'아오, 이 멍청이가. 대체 뭐가 있어야 할 곳인 거야?'

그리고 당연하겠지만, 1레벨인 카르세우스의 공격력은 세 자릿수도 채 되지 않았다.

그러나 어이없어하는 이안의 속마음과는 별개로, 이안의 입은 진중한 목소리로 카르세우스에게 말했다.

"그렇다. 이곳은 바로 그대가 있어야 할 곳. 그대 마음의 고향과도 같은 곳이지."

쿠오오오─!

허공을 향해 한 번 더 포효한 카르세우스는, 이안의 앞으로 머리를 들이밀며 날카로운 이빨을 드러내었다.

─이 전투, 내가 승리로 이끌어 주도록 하지.

"그대를 믿겠다."

마치 영화의 한 장면 같은 멋진 장면이 펼쳐졌다.

물론 오그라드는 대사와는 별개로, 이안은 혀를 끌끌 차고 있었다.

'어휴, 이 허세 쩌는 용가리 놈. 뭔 말이 이렇게 많아? 빨리 끝났으면 좋겠네.'

하지만 그때, 생각지도 못한 반전이 일어났다.

─내 영혼의 동반자가 이곳에 있다. 나는 아직 힘을 전부 되찾지 못했으니, 그의 힘을 빌리도록 하겠다.

"그러도록 하라."

본인의 의지와는 상관없는 이안의 대답과 함께, 카르세우스의 몸이 점점 커지기 시작했다.

　그리고 카르세우스의 몸에서 뻗어 나간 보랏빛 사슬이 한 남자의 몸을 거칠게 휘감기 시작했다.

　남자의 이름은, 카이자르였다.

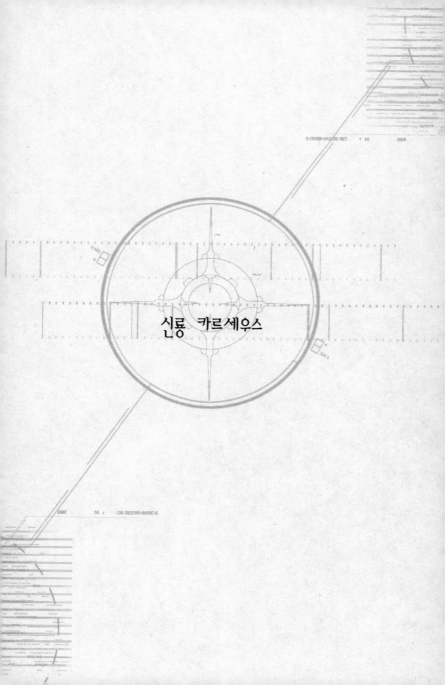

신룡 카르세우스

Taming
Master

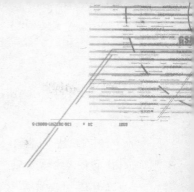

카이자르는 루스펠 제국의 모든 NPC를 통틀어도 손에 꼽을 만한 강자였다.

그런 카이자르가 과연 전설 등급 무기 하나를 대가로 이안의 가신이 되어 주었을까?

애초에 그것은 말이 되지 않는 것이었다.

카이자르는 처음부터 이안에게 깃들어 있던 전쟁의 신의 힘을 느낀 것이었다.

그리고 그것은 카이자르로 하여금 알 수 없는 동질감을 불러일으켰다.

정확히 말하면, 이안이 아닌 이안이 지닌 신룡의 알에 깃들어 있던 힘이었지만.

'드디어 내가 느꼈었던 미지의 힘의 실체를 보게 되는 건가?'

카이자르는 자신의 몸을 휘감는 보랏빛의 사슬을 아무런 저항 없이 받아들였다.

그리고 사슬에 휘감긴 그의 몸이 허공으로 두둥실 떠올랐다.

"으아아! 저게 뭐야? 드래곤을 소환했잖아!"

"진짜 드래곤이야? 드래곤은 아직 몬스터로 등장한 적도 없다고 알고 있는데 대체 어떻게 테이밍한 거야?"

난데없는 드래곤의 등장에, 유저들은 혼비백산했다.

그런데 그때, 누군가 드래곤의 머리 위에 떠올라 있는 레벨 정보를 보고서는 소리쳤다.

"그런데 저 드래곤, 레벨이 1이잖아?"

"어엇? 정말 그러네. 괜히 쫄았어!"

혼비백산했던 유저들은 다시 정신을 차리고 신룡을 공격하기 시작했다.

하지만 그것도 잠시뿐이었다.

크롸롸롸롸―!

허공을 향해 힘차게 포효하는 전쟁의 드래곤, 카르세우스.

그러자 카이자르의 몸이 보랏빛으로 휩싸이며 드래곤에게 빨려 들어갔고, 드래곤의 레벨이 바뀌었다.

―워 드래곤 카르세우스 ― 레벨 : 128

원래 크기의 거의 세 배 가깝게 거대해진 카르세우스가 허공으로 머리를 치켜들었다.

크오오오-.

그리고 그 입으로 모이기 시작하는 보랏빛의 수증기와 빛줄기.

그것이 무엇을 의미하는지를 직감한 카이몬 제국의 유저들은 혼비백산하기 시작했다.

"미친, 브레스다! 피해!"

"드래곤 레벨 1이라며! 맞아도 안 아픈 거 아니야?"

"아냐, 어떤 멍청이가 잘못 봤나 봐! 레벨 128이라고 되어 있어!"

"음…… 그래도 나보다 10레벨이나 낮네. 맞아도 괜찮지 않을까?"

"그럼 넌 한번 맞아 보든가, 등신아! 으악!"

카르세우스가 수천, 수만의 병력이 모여 있는 곳을 향해 뜨거운 입김을 뿜어냈다.

그리고 그것은 카이몬 제국에는 재앙과도 같은 일이었다.

콰아아아-.

카르세우스의 입에서 엄청난 양의 보랏빛 기류가 쏟아져 나왔고, 브레스에 닿은 카이몬 제국의 유저들은 마치 아이스크림처럼 녹아내리기 시작했다.

거대한 해일처럼 덮치는 이 브레스가 지나간 자리에, 살아

남을 수 있던 유저는 140레벨대 이상의 기사 클래스뿐이었다.

"크윽! 무슨 대미지가 이래?"

"와, 내 방패 내구도 한 방에 아작났잖아."

하지만 그것이 끝이 아니었다.

드래곤의 머리 위에서 누군가가 거대한 대검을 치켜든 채 뛰어내리고 있었던 것이다.

-모두 내 앞에 무릎을 꿇어라!

온몸이 보랏빛으로 불타고 있는 한 인영이 거대한 대검을 휘두르며, 살아남은 카이몬 제국의 유저들을 도륙하기 시작했다.

후웅- 후우웅-!

조금 특이한 것은, 검을 휘두르는 보랏빛의 남자와 블랙 드래곤의 심장이 보랏빛의 사슬로 이어져 있다는 점이었다.

그리고 그가 입을 열 때마다, 두 개의 목소리가 동시에 울려 퍼졌다.

카이자르와 카르세우스가 일체화된 것이었다.

-카아아오오-!

한 순간에 전장의 분위기 자체를 바꿔 놓은 신룡의 등장.

그리고 이 기회를 놓칠 이안이 아니었다.

-기사분들 앞으로 전진하세요! 지금이라면 전부 몰아낼 수 있습니다!

이안의 외침에 멍하니 있던 방어군이 카이몬 제국 연합군을 밀고 나가기 시작했고, 기세에 완벽히 압도당한 제국군은 허둥지둥 뒷걸음질 쳤다.

이안은 신룡과 카이자르를 유심히 살펴보며 머리를 회전시켰다.

'확실히 강력하기는 하지만, 레벨이 128밖에 안 되어서 그런지 적들이 상대하지 못할 정도로 압도적인 건 아니야.'

그렇다면 제국군은 어째서 저렇게 혼비백산하고 있는 것일까?

답은 간단했다.

우선 브레스가 너무 강력했고, 처음 보는 위압적으로 거대한 드래곤의 기세에 눌려 버린 것이었다.

당연하겠지만, 브레스는 재사용 대기 시간이 엄청나게 긴 고유 능력이었다.

그리고 브레스 없는 지금의 카르세우스라면, 카이몬 제국 최고 레벨대의 랭커들 몇 명만 붙어도 막아 낼 수 있을 것이었다.

하지만 이미 혼란에 빠진 카이몬 제국 연합군에게 그러한 판단력 같은 것이 있을 리 없었으며, 한번 밀려 나가기 시작한 그들은 무기력하게 승기를 내어 주고야 말았다.

그렇게 파이로 영지는, 절체절명의 위기를 극복해 낼 수 있었다.

거의 일주일.

길다면 길고, 짧다면 짧을 수 있는 기간 동안의 공성전이 막을 내렸다.

　공성전이 치러진 기간은 일반적인 공성전과 별 다를 것 없는 수준이었지만, 그 결과와 내용은 전혀 그렇지 않았다.

　로터스 길드와 파이로 영지는, 정말 아무도 예상치 못한 결과를 만들어 내는데 성공한 것이다.

　2만여 정도의 병력으로 열 배에 가까운 연합군 병력을 막아 냈다.

　만약 이 공성전 결과에 사전 배팅을 할 수 있었다면, 배당이 아마 수백만 배는 되었을 것이었다.

　-와 씨, 파이로 영지가 그럼 카이몬 제국 전체를 막아 낸 거야?

　-그렇다고 봐야지, 뭐. 카이몬 연합군도 진짜 무능력하네. 열 배가 넘는 전력으로 어떻게 못 뚫을 수가 있지?

　-그러니까 말이야. 문까지 따고도 못 밀었으면 말 다했지 뭐.

　-윗 님들 말 엄청 막하시네. 공성전 제대로 보기는 봤음? 카이몬이 무능한 게 아니고, 로터스 길드가 진짜 대단한 거임.

　-아니지, 로터스가 대단한 게 아니라, 이안이 쩌는 거지. 보니까 이안 혼자서 다 해 먹었더만.

　-크으, 그나저나 님들, 그 마지막 전투에서 등장했던 드래곤은 뭐였음? 그거 진짜 이안 소환수야?

　-몰라. 그건 의견이 분분하던데. 이안이 특수한 일회용 소환 스크롤

을 사용했다는 말도 있고. 아무튼 말 많음.

　─그런가? 어쨌든 신룡인지 뭐시기 때문에 히든 퀘스트도 여러 개 생성됐다던데.

　카일란 공식 커뮤니티뿐 아니라 관련 각종 커뮤니티가 전부 난리 났고, 해외 언론들도 공성전의 영상을 자국으로 퍼나르고 있었다.

　특히, 신룡 카르세우스와 카이자르의 활약으로 전세를 완전히 역전시켰던 마지막 전투.

　다이나믹함의 극치를 보여 줬던 이 전투의 영상은 여러 가지 버전으로 넷 상에 퍼지며 인기를 끌고 있었다.

　하지만 아직까지 특출나게 높은 조회수를 기록하는 영상은 없었다.

　진성의 원룸 근처에 있는, 복층으로 지어진 한적한 카페.

　카페 구석에는 한 남녀가 탁자에 노트북을 올려놓고는 마주앉아 무언가를 진지하게 의논하고 있었다.

　두 사람은 다름 아닌 진성과 소진이었다.

　"진성 씨, 그러니까 이 부분만 따로 잘라서 스페셜 영상으로 만들자는 거죠?"

　"예. 제가 구독자라면, 귀찮아서 처음부터 끝까지 쭉 이어서 감상 안 할 겁니다. 계속 치고받고 싸우는데, 이게 뭐가 재미있다고 처음부터 끝까지 봐요? 이거 그냥 틀어 놓으면 러닝 타임만 30시간은 될 텐데."

진성과 소진은 이안의 개인 영상을 어떤 식으로 편집해서 업로드할지 의논하고 있었다.

원래는 소진이 알아서 편집해서 올리고 진성은 크게 신경을 쓰지 않았었지만, 이번 전투 영상은 화제성이 큰 만큼 더욱 신중하게 작업하기로 한 것이다.

소진은 이번 영상을 정말 최고의 퀄리티로 만들어서 업로드 할 생각이었다.

"아뇨, 그건 진성 씨 생각이고요. 이 영상 처음부터 끝까지 쭉 이어서 보고 싶은 사람들도 분명 많을 겁니다."

진성은 의아한 표정으로 되물었다.

"왜죠?"

"그야, 개인 화면으로 볼 수 있는 진성 씨의 전투 장면은 초보자인 제가 보기에도 억 소리 날 정도로 화려하거든요. 진성 씨의 움직임을 보고 배워 보려는 유저들도 많아요, 요즘은."

"흐음……."

진성은 턱을 만지작거리며 속으로 중얼거렸다.

'본다고 할 수 있는 게 아닐 텐데…… 그냥 몸으로 느껴야지.'

소진이 들었다면 재수 없다고 생각했을지도 모를 말이었다.

진성은 천천히 고개를 끄덕이며 다시 입을 열었다.

"그럼, 일단 이렇게 하죠. 전체 영상을 편집하는 데는 시간이 오래 걸릴 테니까, 마지막 공성전에서 가장 중요한 50분만 따로 빼서, 고퀄리티 편집을 먼저 합시다."

소진이 고개를 주억거리며 대답했다.

"그걸 먼저 배포하자는 거죠?"

"네. 가장 핫한 지금 타이밍에, 최대한 빨리 영상을 올려야 효과가 가장 좋을 테니까요."

"그건 저도 동감입니다. 그러도록 하죠."

"오케이, 그럼 나머지는 평소처럼 알아서 해 주시는 걸로 하고…… 영상은 언제쯤 나올까요, 그럼?"

이안의 물음에 소진이 씨익 웃으며 대답했다.

"빠르면 오늘 밤. 늦어도 내일 오전 중으론 나올 겁니다."

그에 이안이 휘둥그레진 눈을 하고는 되물었다.

"어? 어떻게 그렇게 빨리 작업이 돼요? 지금까지는 거의 일주일 가까이 걸리지 않았어요?"

"후후, 제가 드디어 팀을 꾸렸거든요. 이제 저 혼자 작업 안 합니다. 진성 씨 덕에 돈을 제법 모아서 이번에 아예 사업자를 하나 냈어요."

"오호!"

훈훈한 덕담을 몇 차례 나눈 두 사람은, 커피를 전부 마신 뒤 헤어졌다.

집으로 향하던 이안은, 곧 자신에게 들어올 돈을 생각하며 히히덕거렸다.

"흐흐, 이번엔 얼마를 벌 수 있을까? 이제 딱히 현질해서 사고 싶은 아이템도 없는데……."

이안은 뒷머리를 긁적였다.

현실에는 사고 싶은 아이템(?)이 더더욱 없었기 때문이었다.

"부모님 통장에 돈 좀 넣어 드릴까?"

하지만 곧 고개를 저었다.

돈이 어디서 났냐며 도둑놈 취급하실 게 분명했기 때문이었다.

"흠, 일단 모아 놓지, 뭐. 하린이랑 맛있는 거나 먹으러 가야지."

카이몬 연합군은 완전히 물러났다.

더 이상 싸울 여력이 없는 것은 아니었지만, 수뇌부에서 파이로 영지 하나를 잡기 위해 너무 많은 시간과 자원을 소모하고 있다는 판단을 내린 것이었다.

덕분에 파이로 영지는 이전보다 더욱 많은 이들로 붐비고 있었다.

"이쪽으로 석재 남은 거 전부 가져와! 여기부터 보수하는 게 나을 것 같아."

"오케이 알겠어, 잠깐만 기다려!"

로터스 길드로부터 일정 보수를 받고, 무너진 파이로 요새의 보수 공사를 돕는 건축가들부터 시작해서…….

"샌드 스콜피온의 맹독, 소량부터 대량까지 판매합니다! 스콜피온이 잡기는 쉬워도, 맹독은 드롭률 엄청 낮다는 거 다들 아시죠?"

"사막 전사의 언월도 팝니다! 유일 등급 두 자루, 영웅등급도 한 자루 있습니다!"

영지 중앙의 광장에 모인 장사하는 상인들까지, 파이로 영지는 어느 북부 대륙의 영지들보다도 더욱 활기를 띄고 있었다.

게다가 이번 공성전으로 인해 로터스 길드는 엄청난 자본과 힘을 축척할 수 있었고, 이 모든 요소들이 시너지를 일으키면서, 가파르게 성장하기 시작했다.

하지만 이안은 모든 상황이 완벽할 정도로 좋게 흘러갔음에도, 속 안에 응어리가 하나 있었다.

'내가 또 빚을 지고는 못 사는 성격이니까.'

아직 누군지 완벽히 밝혀내지는 못했지만, 루스펠 제국 소속인 게 확실한 요새 잠입 암살자의 정체와 소속을 밝혀 제대로 보복을 해 줘야 직성이 풀릴 것만 같았다.

'그리고 정체도 모른 채 이대로 넘어가면, 언젠가는 또 걸림돌이 될 게 분명하니까.'

이안은 자신의 기억력과, 동원할 수 있는 모든 정보력을 총 동원해 그를 찾기 시작했다.

그가 가장 먼저 한 것은 당연히 루스펠 제국 소속 고레벨 암살자들에 대한 정보를 수집하는 것이었다.

'일단 팩트는 놈이 암살자라는 것. 그리고 루스펠 제국 소속이라는 것. 무기는 쌍륜을 썼던 걸로 기억하지만, 암살자야 언제든 무기를 바꿔 가면서 사용하니까 그건 단서가 되기 힘들겠지.'

생각나는 것들을 쭉 나열해 보니 핵심적인 정보는 많지 않았다.

'단서가 많지는 않아도, 고레벨 암살자는 몇 없으니까 의외로 찾기 쉬울 수도 있어.'

이안은 찬찬히 머리를 굴려 보았다.

'어떻게 하면 가장 쉽게 놈의 신원을 알아낼 수 있을까?'

정보 수집은 길드원들에게 부탁해 놓았고, 그 정보들을 취합하는 것 또한 카윈에게 말해 두었으니, 이안은 다른 부분을 파고들어 볼 생각이었다.

'파이로 영지가 함락되었을 때 가장 이득을 볼 만한 단체, 혹은 인물.'

이안은 지금 해야 할 일이 뭔지를 깨달았다.

'일단 카이몬 제국 연합군이 가장 이득인 것이야 당연한 사실이고, 중요한 건 카이몬 쪽에서 먼저 의문의 암살자에게 딜을 했는지, 아니면 루스펠 제국 소속인 모종의 세력이 먼저 카이몬 쪽에 제안을 했을지인데…….'

이안은 카이몬 연합군과 의문의 암살자 사이에 어떤 거래가 있었을 것이라는 부분은 기정사실이라 생각했다.

암살자가 만약 모종의 다른 이유가 있었다고 하더라도 카이몬 쪽에 아무런 대가도 요구하지 않은 채 일을 저지르지는 않았을 것이기 때문이었다.

이 정도로 크리티컬한 세작 역할을 제안하면, 분명 엄청난 보상을 얻을 수 있을 테니까.

잠시 생각을 정리한 이안이 헤르스에게 메시지를 보냈다.

―이안 : 야, 유현아. 바쁘냐?

그리고 대답은 곧바로 돌아왔다.

―헤르스 : 아니. 방금 사냥 끝나고 영지 돌아오는 길이야. 왜? 무슨 일 있어?

―이안 : 무슨 일이 있는 건 아니고, 부탁할 게 좀 있어서.

―헤르스 : 뭔데? 뜬금없이.

―이안 : 너 혹시 카이몬 제국 쪽에 아는 네임드 유저 있어?

-헤르스 : 으음…… 글쎄? 그건 왜?

　-이안 : 이번 공성전에서 우리 뒤통수 친 새끼, 잡아야 할 거 아냐. 단서를 잡기 위해서 필요하다.

　-헤르스 : 음, 나는 지인이 없지만, 찾을 수 있을 것 같아.

　-이안 : 그래? 어떻게?

　-헤르스 : 길드원 분들 중에 카이몬 제국 소속이셨다가 업데이트 이후에 초기화하고 루스펠 제국으로 국적 바꾸신 분이 한 분 있다고 들었거든.

　-이안 : 오오!

　-헤르스 : 카이몬 제국 소속으로 계실 때 얼마나 고레벨이었는지는 잘 모르겠지만, 그래도 우리보다는 카이몬 쪽에 지인이 있겠지.

　-이안 : 그렇겠네. 레벨은 낮았어도 대규모 업데이트 전이면 카일란 초기 유저일 테니까 인맥이 있을 수도 있겠어.

　-헤르스 : 무튼 그럼 알아보고 연락 주마.

　-이안 : 오케이!

　헤르스와의 대화를 마친 이안은, 영주성 안에 있는 푹신한 의자에 몸을 기대며 눈을 감았다.

　그리고 차근차근 계획을 정리하기 시작했다.

　'내가 직접 카이몬 연합군 수뇌부 쪽에 물어보는 방법도 있지만, 그렇게 대놓고 물어보면 알려 줄 리 없지.'

　상대편 국가에 세작을 심어서 공성전에 장난질을 쳤다는

사실을 공식적으로 인정하면, 그쪽 입장에서도 길드 위상이 많이 하락할 것이었다.

어쩌면 여론의 뭇매를 맞을 수도 있다.

말 그대로 게임 상도덕을 어긴 행위였으니까.

'하지만 그쪽에서 미끼를 물 수 밖에 없게 만들면 되겠지.'

그래서 이안이 생각한 방법은 카이몬 연합군의 수뇌부 쪽에 역정보를 흘리는 것이었다.

'로터스 길드에서 파이로 영지의 성문을 열었던 암살자가 같은 편이었다는 것을 알았다. 그래서 지금 로터스 길드가 그를 찾기 위해 혈안이 되어 있다. 이 시점에 이안에게 정보를 살짝 흘려서 그의 성질을 살살 건드려 주면 루스펠 제국에 분열이 생길 것이고, 카이몬 제국 입장에서는 역으로 이득을 취할 수 있을 것이다. 이 정도만 흘려도 충분히 먹음직스러운 떡밥이겠지.'

물론 이안은 부화뇌동附和雷同하는 우를 범할 생각은 없었다.

루스펠 내의 어떤 세력의 소행인지 알아내더라도, 경거망동할 필요는 없는 것이다.

생각을 전부 정리한 이안은 의자에서 벌떡 일어나며 중얼거렸다.

"좋아, 이건 이제 결과가 나올 때까지 일단 기다리면 되는 거고."

이안은 씨익 웃으며 소환수 정보 창을 열어 보았다.

"그동안 나는 용가리나 한번 키우러 가 볼까?"

이안과 파이로 영지를 절벽 끝자락에서 회생시켜 준 보배와도 같은 소환수.

이안은 공성전이 전부 끝난 후 처음으로 카르세우스의 정보 창을 열었다.

띠링-.

카르세우스 (워 드래곤)

레벨 : 85	분류 : 신룡
등급 : 전설	성격 : 파괴적임
진화 가능	
공격력 : 2,992	방어력 : 1,318
민첩성 : 1,420	지능 : 1,658
생명력 : 89,250 / 89,250	

고유 능력

*전쟁의 신(패시브)
150미터 반경을 기준으로, 범위 내에 있는 적의 숫자에 비례해서, 범위 내의 모든 아군의 공격력을 일정 비율로 상승시킨다.

*드래곤 스킨 (패시브)
모든 마법 공격에 대한 피해를 40퍼센트만큼 감소시키며, 물리 공격에 대한 피해를 10퍼센트만큼 감소시킨다.
10초 동안 아무런 공격도 받지 않으면, 초당 2퍼센트씩 생명력이 회복된다.

*드래곤 피어 (재사용 대기 시간 10분)
자신을 중심으로 반경 50미터 안에 있는 모든 적을 '공포' 상태에 빠지게 한다. 적보다 레벨이 높을수록 '공포'에 걸리게 할 확률이 높으며, '공

포' 상태가 되면 100초 동안 카르세우스를 공격할 수 없게 된다.
(적의 면역력을 무시하고 적용된다.)
*드래곤 브레스 (재사용 대기 시간 120분)
전방 50미터 내의 부채꼴 범위에 강력한 용의 숨결을 내뿜는다. 카르세
우스 공격력의 2,370퍼센트 만큼의 위력을 가지며, 추가로 10초 동안,
위력의 40퍼센트만큼 지속 피해를 입힌다.
(유저를 상대로는 효과가 절반으로 줄어든다.)
*폴리모프 (재사용 대기 시간 없음)
카르세우스는 폴리모프를 사용하여 인간의 모습으로 변신할 수 있다.
인간의 모습이 되면, 모든 전투 능력치가 30퍼센트만큼 하락하며, 고유
능력 중 액티브 스킬은 사용할 수 없게 된다.
전설 속 일곱 신룡 중 하나이자, 전쟁의 신으로부터 능력을 부여받은 전
룡 카르세우스이다.
아직 힘을 전부 되찾지 못해 불완전한 상태이다.

정말 입이 쩍 벌어질 정도로 드래곤다운 화려한 정보 창.

하지만 이안은 조금 아쉬운 부분이 있었다.

'잠재력이 100인 상태에서 레벨 업을 했어야 하는데!'

카르세우스의 모태 잠재력은 98이었고, 덕분에 거의 60~70레벨 정도까지 잠재력이 2만큼 부족한 상태에서 레벨 업을 하게 된 것이었다.

'어쩔 수 없긴 했지만……'

이안의 의지와 상관없이 카이자르와 감응해서 전투를 하는 동안 레벨이 올라 버린 것이다.

어차피 잠재력 100과 98의 차이는 미미했고, 이안이 변태

처럼 손해 본 능력치를 계산해 본 결과, 모든 능력치를 합해 봐야 10도 채 되지 않는 미미한 수준이었다.

하지만 이안은 괜히 찜찜했고, 덕분에 카르세우스의 별명은 '모질이'가 되었다.

이름을 모질이로 짓고 싶었지만, 태어나기 전부터 이름이 있는 개체였기 때문에 그것은 불가능했다.

"모질이, 소환!"

-소환수 '카르세우스'가 소환 명령을 거부합니다.

떠오르는 시스템 메시지를 보며 이안은 투덜거렸다.

"역시…… 이름을 모질이로 지었어야 했어. 그랬으면 명령 거부 못 할 텐데."

피식 웃은 이안은 다시 소환 명령을 발동했다.

"카르세우스, 소환!"

우우웅-.

그리고 이안의 앞에, 어두운 보랏빛의 눈동자와 머리색을 가진 근육질의 남성이 나타났다.

그의 표정은 무척이나 언짢아 보였다.

-나는 워 드래곤 카르세우스다. 주인.

"알고 있어."

-그렇다면 그런 별명은 부르지 않아 줬으면 좋겠군.

하지만 카르세우스의 토라진 모습이 귀여운 이안은 싱글 싱글 웃으며 고개를 저었다.

"그래도 모질이인걸 어떡해?"

-후우…… 난 모자라지 않다. 난 완벽한 드래곤이다!

"아냐, 공격력이 3 정도. 방어력이랑 순발력은 각각 2 정도씩 모자라는걸?"

-…….

할 말을 잃은 카르세우스를 보며, 이안은 피식 웃었다.

"모질아, 우리 레벨이나 올리러 갈까?"

-싫다. 난 모질이가 아니다.

날카롭게 생긴 얼굴로 인상을 팍 찡그리는 카르세우스를 보며, 이안은 피식 웃었다.

"그래 뭐, 알겠어. 카르세우스, 사냥하러 가자."

이안이 문을 열고 나가자, 카르세우스는 못 이기는 척 그를 따라 걸어 나갔다.

카르세우스는 싸우는 걸 제일 좋아하는 드래곤이었다.

"어떻습니까, 이라한 님. 제법 괜찮은 생각인 것 같지 않습니까?"

카이몬 제국 연합군의 임시 막사.

막사 안에는 제국 소속 상위 길드의 길드마스터들이 한자리에 모여 무엇인가에 대해 상의하고 있었다.

"흠…… 확실히 괜찮은 생각이긴 하군요. 잘하면 손 한번 안 대고도 코를 풀 수 있으니……."

"이안이 공성전에서 보여 줬던 그 드래곤을 또 쓸 수 있는지는 모르겠지만, 그게 아니더라도 로터스 길드의 전력은 뛰어납니다."

"그렇죠."

"이번 일을 계기로 놈들을 이간질시켜 이안이 스플렌더나 오클란을 공격하게 만든다면, 우리는 후방 방어선을 쉽게 뚫을 수도 있지 않겠습니까?"

파이로 영지의 공략이 실패로 돌아간 뒤, 카이몬 제국의 연합군은 노선을 아예 바꿔 버렸다.

중부 지역 한복판에 덩그러니 서 있는 파이로 영지를 무시한 채, 동쪽으로 계속해서 진격해 나가는 방식을 취하기로 한 것이었다.

어차피 파이로 영지의 방어 요새가 없는 로터스 길드는 그다지 위협적이지 않았고, 고립된 상태에서 할 수 있는 건 별로 없을 테니 아예 무시해 버리기로 한 것이다.

이렇게 노선까지 변경한 상태에서 로터스 길드와 루스펠 상위 길드들을 이간질시키는 것은 제법 괜찮은 전략이라고 느껴질 수밖에 없었다.

여러 길드의 마스터들이 이런저런 이야기를 나누는 동안, 구석에서 가만히 그 모습을 지켜보고 있던 샤크란이 자리에서 천천히 일어났다.

"샤크란 님, 어디 가시는지요?"

이라한의 물음에 샤크란이 한 차례 기지개를 켜며 대답했다.

"아무래도 제게 이런 머리싸움은 적성에 맞질 않아서 말이지요. 세일론이 저 대신 들어 줄 겁니다."

"크흠……."

샤크란은 팔을 휘휘 저으며 막사 밖으로 걸음을 옮겼다.

"알아서들 결정해서 통보만 해 주시길. 그럼 전 이만 가 봅니다."

샤크란이 막사를 나서고 나자 이라한은 잠시 언짢은 표정이 되었지만, 곧 다시 회의에 집중하기 시작했다.

그리고 삼십 분쯤 뒤.

회의는 이안이 예측했던 방향으로 진행되었지만, 대신에 그가 미처 생각지 못했던 변수도 하나 생겨나고 말았다.

그리고 이 작은 씨앗은, 이후 대륙의 구도에 커다란 변화를 잉태하게 되었다.

태초의 카일란에는 총 열일곱 명의 각기 다른 권능을 가진 신들이 존재했다.

그리고 지금으로부터 천 년 전.

마계의 침공을 막기 위해 열일곱의 신들 중 다섯 명의 신이 인간계에 내려왔다.

하지만 신들은 직접적으로 인간계에 관여할 수 없었다.

하여, 다섯 신은 각기 자신의 권능을 이용해 마족의 침략을 받은 인간들을 도왔고, 마룡 '칼리파'를 막기 위해 각자 자신의 권능을 일부 부여한 드래곤들을 인세에 내려 보냈다.

그중 전쟁의 신인 '카이레스'가 자신의 권능으로 탄생시킨 드래곤이 바로 전쟁의 신룡 '카르세우스'였고, 힘을 나누어 준 인간 영웅이 바로 불패의 검사 '카이자르'였다.

둘은 활동 시기는 같았지만 서로에 대해 아는 것이 없었다.

카르세우스는 북부 대륙의 프릴라니아 계곡을 지키며 마룡들과 맞서 싸웠고, 카이자르는 중부 대륙의 마족들을 상대로 활약했기 때문이었다.

마족들과의 전쟁이 끝날 때쯤, 카르세우스는 마룡 칼리파에 의해 큰 위기를 맞게 되어 영혼의 상태로 봉인되었고, 카이자르는 전쟁의 신으로부터 기억을 봉인당해 인세를 떠돌기 시작했다.

전쟁의 신 '카이레스'라는 같은 줄기를 가진 카이자르와 카르세우스.

어찌 보면 형제나 다름없지만, 지금껏 서로의 존재조차 알지 못했던 둘이 이안에 의해 천 년 만에 만나게 된 것이었다.

그렇기 때문에 둘은 서로에 대한 짙은 동질감을 느낄 뿐 서로에 대해 알지는 못하는 상태였다.

중부 대륙 외곽의 한 던전.

홀로 열심히 사냥 중이던 이안이 카르세우스를 향해 투덜거렸다.

"야, 모질이. 그때처럼 가신님이랑 합체할 수는 없는 거야?"

며칠 동안 열심히 레벨을 올린 덕에 어느덧 100레벨이 가깝게 성장한 카르세우스였다.

하지만 아직까지 150~180레벨대의 몬스터들이 즐비한 중부 대륙의 던전에서는 제대로 된 활약을 보여 주지 못했기 때문에, 이안은 한숨을 푹푹 쉬고 있었다.

─그의 힘을 빌리는 건, 특수한 상황이었기 때문에 가능했다. 지금은 불가능하다.

카르세우스의 말에 이안은 입맛을 다셨다.

"쩝, 이래서 언제 내 레벨 언저리까지 따라오게 만드냐."

카르세우스가 카이자르와 일체화되어 전투했을 때는, 128 레벨이기는 했지만 능력치는 그보다 훨씬 강력한 수준이었다.

물론 90레벨대인 지금의 카르세우스도 레벨에 비하면 말도 안 되는 수준으로 강력하기는 했지만, 이안은 답답했다.

"가신님, 여기 빨리 쓸어버리고 다음 던전으로 넘어가자."

이안의 말에 카이자르가 고개를 끄덕이며 대답했다.

"그러자. 저 모질이 때문에 사냥 속도가 무척이나 느리군."

카이자르의 말에 카르세우스가 고개를 휙 돌리며 정색했다.

─지금은 내가 인간의 몸이라서 그런 것뿐이다. 본체로 돌아가면 이런 몬스터들 따위……!

하지만 카르세우스의 변명을, 이안은 한 문장으로 일축시켰다.

"본체가 도움이 됐으면 본체로 뒀겠지."

─그, 그렇지 않다! 나는……!

부들거리는 카르세우스를 향해 이안이 한 마디 더했다.

"어차피 도움 안 되는 건 매한가지니까 움직이기 편한 인간의 몸으로 있으라고 한 거라고. 암튼, 잔말 말고 따라오기나 해. 나랑 카이자르가 버스 태워 줄 테니까."

─조금만 기다려라, 주인. 내가 저 무식한 인간 놈보다는 금방 더 강력해질 거다.

카이자르를 보며 경쟁심을 불태우는 카르세우스.

둘을 한 번씩 번갈아 본 이안은 피식 웃으며 걸음을 옮겼다.

"제발 그랬으면 좋겠네."

"동감이다, 모질이 드래곤 놈아."

─…….

겉으로 티격태격하기는 했지만, 카이자르와 카르세우스는 합이 잘 맞는 편이었다.

레벨이 낮아서 능력치 자체가 아직 부족하기는 했지만, 전

테이밍마스터

쟁의 용이라는 수식어답게 카르세우스의 전투 AI는 무척이나 뛰어났다.

그리고 가장 고무적인 부분은, 카르세우스가 깨어난 뒤로 카이자르의 충성도가 무려 20이나 올랐다는 것이었다.

'카이자르의 충성도가 27이나 되다니…… 이제 팀킬 당할 걱정은 안 해도 되겠어.'

무려 기분 좋을 땐 이안의 오더를 듣기도 하는 카이자르였으니, 그야말로 장족의 발전이 아닐 수 없었다.

쾅- 콰쾅-!

카이자르와 카르세우스가 열심히 던전을 휘젓고 다니는 것을 보며, 이안도 창대를 고쳐 쥐고 전장에 뛰어들었다.

셀라무스 전사의 의지 스킬을 사용한 이안은, 카이자르만큼은 아니더라도 지금의 카르세우스보다는 강한 전투력을 발휘할 수 있었다.

'그나저나 카이몬 놈들은 슬슬 입질이 올 때가 됐는데 왜 이렇게 잠잠한 거지?'

이안은 잠시 자신이 벌려 놓은 일을 생각했지만, 곧 사냥에 집중하기 시작했다.

어차피 당장에 급한 일은 아니었고, 지금 가장 중요한 것은 얼른 카르세우스의 레벨을 궤도에 올려놓는 것이었다.

'그리고 내 통솔력도 어떻게든 올릴 방법을 찾아야 하는데……'

카르세우스가 100레벨이 넘으면, 그동안 묵혀 뒀던 소환 술사 직업 퀘스트를 할 계획이었다.

직업 퀘스트는 일반적으로 직업 관련 스텟을 보상으로 주는 경우가 많았기 때문이었다.

카일란의 세계에서 빠져나와 여자친구와 데이트도 하며 오랜만에 느긋한 주말을 보내던 유현은, 집에 도착하자마자 컴퓨터를 켜고 소파에 몸을 뉘였다.

"흐으음…… 오늘 하루 동안 카일란에는 별일 없었으려나?"

하지만 집에 돌아오니 곧바로 카일란 생각부터 하는 자신을 발견한 유현은 고개를 절레절레 저었다.

'후우, 뭐 나도 어쩔 수 없는 게임 덕후인가.'

곧 공식 커뮤니티에 접속한 유현은 게시판을 여기저기 둘러보기 시작했다.

그리고 잠시 후, 그의 두 눈이 살짝 커졌다.

"으음…… 뭐지? 무슨 일 있나? 여기 게시물 숫자가 갑자기 왜 이렇게 많아졌어?"

평소에는 많아 봐야 한 시간당 쉰 여 개 정도의 새 글이 올라오던 '오늘의 이슈' 게시판에, 무려 다섯 배가 넘는 양의 게시물들이 올라와 있었던 것이다. 자주 들어가던 게시판은 아니었지만, 유현은 호기심에 클릭했다.

딸깍-.

그리고 그 내용들을 본 후 더욱 당황할 수밖에 없었다.

"뭐야? 이거 우리 길드 얘기잖아!"

저도 모르게 소리 내어 중얼거린 유현은, 게시물들을 하나씩 찬찬히 읽어 보기 시작했다.

-와, 진짜 루스펠 최상위권 길드들 제대로 썩었네요. 진짜 그때 파이로 영지 문 열린 게 걔들 뒤통수였을 줄은 꿈에도 몰랐네.

-그러니까요. 진짜 미쳤음. 근데 전 아직도 걔들이 왜 그런 짓을 한지 모르겠는데, 누구 좀 이해 가게 설명해 주실 분 안 계신가요?

-뭐, 저도 정확한 정황은 모르지만 지금까지 알려진 내용, 보고 들은 내용들 한번 정리해 봅니다.

1. 후방 안전지대에서 손가락만 빨고 있던 루스펠 기득권층 길드들은 파이로 영지에서의 공성전이 생각보다 길어지니 전선이 후방까지 내려오지 않을까 봐 불안해졌을 수 있습니다. 전쟁이 곧 돈이자 훌륭한 자원인 중부 대륙의 특성 때문이죠.

2. 설령 며칠 뒤에 파이로 영지가 함락될 예정이었다고 하더라도, 그 기간 동안 로터스 길드가 얻어 낼 이득이 배가 아팠을 겁니다. 실제로 로터스 길드는 이번 공성전을 전후로 길드 순위가 거의 70~80계단 정도 껑충 뛰어올랐으니까요. 제가 알기로 로터스 길드는 이제 길드 순위 20위권 안쪽으로 진입했을 겁니다.

3. 마지막으로, 공성전이 길어질수록 도덕적 측면에서 대중으로부터 받게 될 지탄이 두려웠을 겁니다. 로터스 길드가 파이로 영지에서 오래 버틸수록, 그들을 돕지 않고 후방에 숨어 버린 자신들의 인지도가 떨어질 수밖에 없기 때문이죠. 로터스가 오래 버텼다는 얘기는, 최상위권 길드들이 로터스를 지원했다면 충분히 막아 낼 수도 있었다는 말과 일맥상통하니까요. 물론 그들의 도움 없이도 로터스는 연합군을 막아 냈지만 말입니다.

　-캬, 윗분 통찰력 진짜 장난 아니네. 진짜 듣고 보니 그럴싸하네요. 스플렌더, 오클란, 진짜 나쁜 놈들. 전에 북부 지역 던전들 독점할 때부터 알아봤어.

　-윗분 쓰신 내용에 다 동의하기는 하는데 하나만 짚고 넘어가죠. 우리 벨리언트 길드는 전력으로 로터스를 도왔습니다. 후후, 물론 로터스 길드와 이안 님이 대단한 활약을 하기는 했지만, 우리 도움도 한몫했다는 점은 다들 아셨으면 좋겠네요.

　-크, 윗 님 벨리언트 길드 소속이신가보네. 뿌듯하시겠어요. 이번 공성전으로 벨리언트 인지도도 엄청나게 올라갔던데. 랭킹도 치고 올라가서 굳건히 3위를 지키고 있더라고요. 부럽네요, 벨리언트라니, 흑……

　-후훗, 막간을 빌려 홍보 한번 하자면, 우리 벨리언트 길드의 문은 항상 열려 있습니다. 언제든 가입하러 오세요! 물론 레벨 제한은 130으로 올랐지만 말입니다.

　게시판 수십 페이지가 스플렌더 길드를 비롯한 기득권층

의 길드들을 향한 비난으로 가득 채워져 있었고, 찬찬히 읽어 내려가던 헤르스는 자리에서 벌떡 일어났다.

"지금 이럴 때가 아니지. 진성이 녀석 던전에 처박혀서 사냥만 하고 있을 텐데, 빨리 가서 알려 줘야겠어."

진성은 서둘러 컴퓨터를 끄고 캡슐 안으로 들어갔다.

시간이 조금 늦기는 했지만, 아직 진성이 접속 종료했을 시간은 아니었기에 스마트폰 메시지를 보내는 것보다는 게임에 접속하는 편이 빠를 것이었다.

헤르스의 호출을 받은 진성은 곧바로 파이로 영지의 영주성으로 들어왔다.

그리고 급한 대로 접속해 있던 피올란까지 셋이서 회의를 하기 시작했다.

"그러니까, 배후가 스플렌더 길드라는 얘기가 여기저기 퍼져 있다는 거지?"

이안의 물음에 헤르스는 고개를 저으며 대답했다.

"아니, 그런 건 아니야. 내가 전부 다 읽어 본 건 아니라서 정확히 어떻다고 얘기할 순 없지만, 두루뭉술하게 '최상위권 길드들이 배후다.' 정도만 이야기되고 있는 것 같아."

헤르스의 말에 피올란이 심각한 표정으로 물었다.

"루머일 가능성은요?"

"글쎄요. 루머일 수도 있긴 하겠지만 이게 파급력이 너무 커요. 저도 지금 좀 혼란스럽네요. 차라리 이 내용이 전부 루머였고, 루스펠 제국 길드들의 내분을 유도하기 위한 카이몬 수뇌부의 계략이었으면 좋겠는데……."

이안이 짧게 한숨을 내쉬며 말했다.

"후, 안타깝게도 둘 다 맞을 거야."

밑도 끝도 없는 이안의 말에, 헤르스가 눈을 크게 뜨며 되물었다.

"뭐가?"

"그들이 우리 뒤통수를 친 배후인 것도 맞을 거고, 루스펠의 내분을 유도하기 위한 카이몬의 계략인 것도 맞을 거라고."

"……!"

잠시 이안이 한 말을 찬찬히 되새겨 본 두 사람은, 곧 이해할 수 있었다.

"그러니까 카이몬 연합군 측에서 의도적으로 사실을 흘린 것이라는 얘기죠?"

피올란의 물음에 이안이 고개를 끄덕였다.

"예, 맞아요. 그렇지 않아도 헤르스가 준 정보들을 토대로, 암살자의 신원은 거의 확보한 상태라 저도 90퍼센트 이상 짐작은 하고 있었어요. 그리고 이번 사태도, 사실 제가 흘린 떡밥을 카이몬 쪽에서 물은 것뿐이고요."

"네에?"

"좀 생각지 못한 전개이긴 하지만······."

이안의 표정이 살짝 어두워졌다.

이렇게까지 일이 커질 것이라고는 생각지 못했기 때문이었다.

'세작을 심은 일이 알려지면, 카이몬 놈들의 이미지에도 타격이 있을 것이라고 생각해서 대놓고 이럴 줄은 몰랐는데······.'

하지만 이렇게 되면 비난의 화살이 전부 루스펠 제국의 랭킹권 길드들에게로 쏠리게 되니, 자연스럽게 카이몬 연합군은 비난의 화살을 피할 수 있게 된다.

이는 이안이 미처 생각지 못한 부분이었다.

'잘못하면 루스펠 제국 전체가 흔들릴 수도 있겠어.'

이렇게 이슈화되면, 이안과 로터스 길드가 직접적으로 루스펠 제국의 기득권층 길드들과 대립각을 세우지 않더라도 민심이 돌아서 버린다.

그리고 중상위권 유저들에게 지원을 받지 못한다면, 그들은 카이몬의 연합군에 속절없이 무너져 버릴 가능성이 높았다.

그렇지 않아도 전력 면에서 카이몬 쪽이 상당히 우세했으니까.

이안의 머리가 빠르게 돌아가기 시작했다.

'어쩌면 이게 새로운 그림을 그릴 수 있는 기회일지도······.'

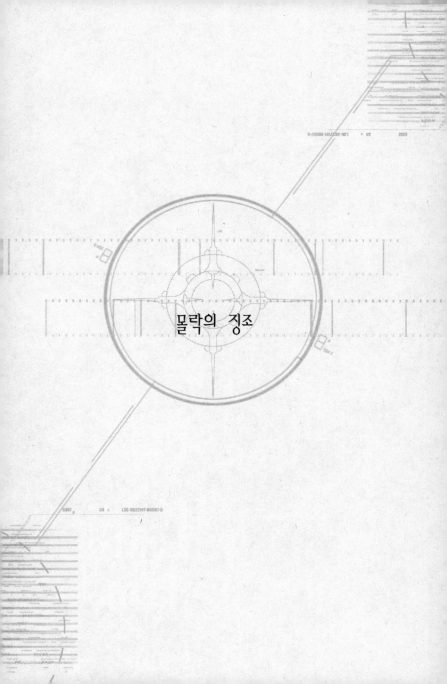

몰락의 징조

Taming
Master

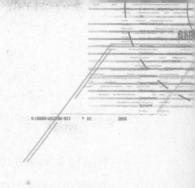

루스펠 제국 유저들의 내분을 유도한 카이몬 제국 수뇌부의 전략은 제대로 먹혀 들어갔다.

커뮤니티를 통해 퍼져 나가기 시작한 논란이 걷잡을 수 없이 커지면서, 카일란 전체에 공론화되어 버린 것이었다.

루스펠 제국의 기득권층의 세력이 강하기는 했지만, 제국 전체를 놓고 본다면 중상위권 유저들의 전력이 거의 제국의 근간이 되는 힘이라고 볼 수 있다.

쉽게 말해, 기득권층 세력이 중산층의 지지를 받지 못하게 되자, 루스펠 제국은 뿌리째 흔들리기 시작한 것이다.

심지어는 최상위권 길드에 속해 있던 유저들 중에도 수뇌부에 실망해 길드를 이탈하는 경우도 있었다.

공식 커뮤니티를 비롯한 각종 매체에서는 계속해서 이와 관련된 기사들을 쏟아냈다.

—아슬아슬하던 카이몬과 루스펠의 균형, 무너지기 시작하다.
—카일란 한국 서버, 세계 최초로 거대 양국 체제 무너지나?

처음에는 언론이 너무 자극적인 기사들을 내보내는 것 아니냐는 말이 많이 나왔다. 루스펠이라는 거대한 제국이 그렇게 쉽게 무너질 수 있겠냐는 것이었다.

하지만 시간이 지날수록 더 많은 사람들이 루스펠의 몰락을 점치기 시작했다.

기회를 잡은 카이몬 제국의 연합군이 엄청난 속도로 동쪽으로 밀고 들어가기 시작한 것이었다.

그 속도는 정말 가공할 정도로 대단해서, 단숨에 루스펠 소속이었던 수십 개의 중부 대륙 거점지가 카이몬 제국의 손에 넘어갔다.

그리고 카이몬 제국 연합군은, 전략적으로 파이로 영지를 아예 배제해 버렸다.

계속 문을 두들기면 언젠가는 함락할 수 있으리라 생각했지만, 그러기에 들어가는 시간과 비용이 너무도 큰 탓이었다.

한 마디로 파이로 영지는 '계륵'이라는 표현이 적당했다.

공들여 먹기에는 양이 너무 적고, 그렇다고 남 주기에는 아까운 닭의 갈빗살과 같은 존재.

　등 뒤에 적지를 덩그러니 남겨 둔다는 것 자체가 꺼림칙할 수 있는 일이었지만, 카이몬 제국은 과감히 움직였다.

　그렇게 한 달 정도가 지나자 중부 대륙의 80퍼센트에 가까운 영토가 카이몬 제국의 손에 넘어갔고, 전선은 루스펠 제국의 거대 길드들이 지키고 있는 최후방까지 밀려나게 되고 말았다.

　전문가들은 루스펠의 거대 길드들이 금방 무너져 내릴 것이라 예측했지만, 그래도 그들은 필사적으로 버티고 있었다.

　중부 대륙이 전부 카이몬 제국의 손에 들어가게 되면, 그 다음은 분명 루스펠 제국의 본토인 동부 대륙이 위험해질 것이고, 대륙 외곽과 북부 지역에 대규모의 영지를 여럿 보유하고 있는 기득권 길드들 입장에서는 어떻게든 막아 내야만 했기 때문이었다.

　그리고 그 기간 동안 이안과 로터스 길드는 중부 대륙의 영토를 야금야금 넓혀 가기 시작했다.

　파이로 영지 주변의 몇몇 거점들을 점령한 것이었다.

　파이로 영지의 영주 집무실.

이안과 헤르스, 그리고 파이로 영지의 영주인 피올란이 자리에 앉아 이야기를 나누고 있었다.

"진성아, 너 지금 있는 명성 다 쓰면, 작위 어디까지 올릴 수 있는 거야?"

헤르스의 물음에 잠시 정보 창을 확인해 보던 이안이 명성치를 열심히 계산하기 시작했다.

"으음, 내가 지금 명성이 520만 정도가 있으니까……."

피올란이 소스라치게 놀라며 되물었다.

"에엑, 520만이라고요? 아니 대체 뭘 어떻게 하면 그만큼 모을 수 있는 거죠?"

"이건 제 생각인데, 두 달 전 연합군 상대로 치렀던 공성전에서 드래곤이 브레스 뿜은 것만으로 한 20만 명성은 챙겼을걸요?"

"드, 듣고 보니 일리가 있네……."

"게다가 그 뒤로 계속해서 중부 대륙 여기저기 쑤시고 다니면서 사냥했으니, 520만도 어떻게 보면 그렇게 많은 양이 아니죠."

루스펠 제국 기득권층 길드들의 도덕적 논란이 불거진 이후 대중은 이안과 로터스 길드가 어떤 식으로든 그들에게 보복을 할 것이라 생각했지만, 놀랍게도 로터스 길드는 아무런 제스처도 취하지 않았다.

그저 조용히 중부 대륙의 중심에서 힘을 키워 갔을 뿐.

그리고 그동안 이안은 중부 대륙 한복판을 제집 안방처럼 들쑤시고 다니며 계속해서 레벨을 올렸다.

카이몬 소속인 대부분의 랭커들이 동부 지역 전선에 모여 있는 지금, 아무리 카이몬 제국의 영역 안이라고 하더라도 이안을 막을 만한 유저가 존재하지 않았기 때문이었다.

게다가 이제 이안의 레벨도 170이 다 되어 갔기 때문에, 어지간한 카이몬의 NPC들조차 이안을 막을 수 없었다.

던전이건 필드 사냥터건 이안은 닥치는 대로 사냥했고, 심지어 사냥터에 카이몬 제국의 유저나 NPC가 존재하면 그들마저 무차별로 학살했다.

그 결과 이런 어마어마한 양의 명성을 모은 것이리라.

"정말, 게임마저도 빈익빈 부익부라니까."

"그보다는 될 놈 될이 더 맞는 말 아닐까요?"

구시렁거리는 두 사람을 가볍게 무시하며, 이안은 자신의 명성치를 승급 조건에 대입시켜 보았다.

그리고 곧 입을 열었다.

"후작이 되는 데 120만이 필요하고 공작이 되는 데 200만이 필요하니까, 한 번에 공작까지는 올릴 수 있겠네. 하지만 공작까지 올리고 나면 명성이 너무 조금 남으니까, 아직 공작이 되는 건 무리야."

그 말에 헤르스가 뒷머리를 긁적이며 말했다.

"으, 후작 다음에 공작도 있었구나."

"그렇지, 바보야. 근데 그건 왜?"

"네가 '대공'까지 작위를 올릴 수 있을지도 모른다고 생각했거든."

"대공?"

이안의 되물음에, 피올란이 대신해서 대답했다.

"이안 님이 대공까지 작위를 올리면, 우리 로터스 길드 영지들을 통합해서 '공국'으로 선포할 수가 있거든요."

"흐음……."

헤르스가 씨익 웃으며 덧붙였다.

"카일란 사상 최초로 우리가 공국이 될 수 있는 거지."

현재 로터스 길드가 가진 영지는 총 일곱 개였다.

북부 대륙의 로터스 영지와 올리버스 영지, 그리고 파이로 영지를 포함해 중부 대륙에 추가로 다섯 개의 영지를 점령한 것이었다.

물론 파이로를 제외한 중부 대륙의 나머지 영지들은 언제든지 빼앗길 위험이 있었기에, 크게 비중을 두고 있지는 않았지만 어쨌든 총 일곱 개의 영지에서 창출할 수 있는 수익은 어마어마했다.

전체 길드 순위 1,2위를 다투고 있는 타이탄 길드와 다크루나 길드도 보유 중인 영지 개수가 열다섯 개가 채 안 된다는 것을 생각하면 놀라운 수준이라고 할 수 있었다.

덕분에 로터스 길드는, 이안이 '대공'의 작위만 얻게 된다면 카일란 최초로 '공국'이 될 수 있는 요건을 거의 다 갖추었다.

로터스 길드가 아닌 '로터스 공국'이 되는 것이다.

하지만 이안은 그렇게 긍정적인 반응이 아니었다.

"아마 한 달 정도 명성 쌓는 데 올인한다면 대공도 충분히 만들 수 있을 거야. 하지만 난 아직 그럴 생각이 없어."

이안의 말에 피올란이 눈을 크게 뜨고 되물었다.

"왜죠? 공국이 된다는 건 우리가 하나의 국가가 된다는 거예요. 그 전까지와는 비교도 안 될 정도로 강력한 힘을 얻을 수 있어요."

일단 국가가 되고 나면, 양성할 수 있는 인재와 군사력의 질 자체가 달라진다.

공립 기사 아카데미와 같은 기사를 육성할 수 있는 시설도 건설이 가능해지며, 마탑이나 특수 방어 타워 등 각종 콘텐츠가 열리게 되는 것이다.

피올란은 그것을 얘기하는 것이었다.

하지만 이안은 고개를 저었다.

"우리가 공국을 선포하는 순간, 대륙 통일을 목표로 달리고 있는 카이몬의 화살이 다시 우릴 향할 겁니다. 제가 지금 중부 대륙에서 거점지를 더 늘리지 않고 있는 이유도 알고 계시잖아요."

총 일곱 개의 영지. 그리고 현재 길드 랭킹 11위에 랭크되어 있는 로터스 길드.

이 수치는 사실 이안이 교묘하게 만들어 놓은 수치였다.

겉으로 드러나는 지표를 더 키우지 않는 것이다.

카이몬의 상위권 길드들로 하여금 로터스 길드에 대한 경각심을 줄여 주기 위함이라고 보면 정확했다.

겉으로 드러난 지금의 로터스 길드는 아직 타이탄이나 다크루나 길드가 위협을 느낄 정도는 아니었으니까.

헤르스가 고개를 끄덕이며 입을 열었다.

"으음…… 하긴. 갑작스럽게 우리가 공국을 선포하면, 저들이 싹을 자르려 들겠지. 그럼 진성이 네 생각은 어떤데?"

이안이 천천히 입을 열었다.

"지금은 내실을 더욱 다질 때야. 뮤란의 코앞까지 카이몬 제국군이 다다를 때까지, 우린 계속 힘을 키우면서 때를 기다리자."

이번에는 피올란이 물었다.

"그리고 나서는요?"

이안의 시선이 피올란을 향해 돌아갔다.

"그때까지 쌓아 뒀던 모든 병력을 이끌고, 로터스 영지로 돌아갈 겁니다."

"……?"

로터스 영지란, 로터스 길드가 최초로 얻었던 북부 대륙의 거점지를 말한다.

생각지도 못했던 이안의 발언에, 두 사람의 시선이 동시에 그의 입으로 모였다.

이안의 말이 이어졌다.

"로터스 영지로 돌아가 힘이 약해진 주변 루스펠 제국 소속 길드들의 영지를 전부 다 집어삼키고, 그때 공국 선포를 할 겁니다."

지난 두 달 동안 계속해서 생각해 왔던 커다란 그림을, 이안은 처음으로 두 사람에게 꺼내 놓고 있었다.

"그리고 곧 망해 버릴 루스펠 제국의 유저들을, 전부 흡수하는 겁니다. 무엇보다도 우리에겐 '명분'이 있으니까요."

헤르스가 멍한 표정으로 천천히 고개를 끄덕였다.

"그렇지, 중부 대륙 한복판에서 카이몬 연합군을 상대로 최후까지 버텨 낸 유일한 길드."

"그래. 그때까지 그 이미지만 계속해서 유지해 나가면 되는 거야. 그리고 북부 대륙에 새로운 국가를 세우는 거지."

쉬지 않고 쏟아지는 이안의 말에 피올란은 소름이 돋는 것을 느꼈다.

"와아…… 거기까지 생각하고 계실 줄은 몰랐네요. 전 지금까지 힘을 키운 이유가, 카이몬 연합군의 뒤통수를 치기 위해서라고 생각했거든요."

헤르스는 여전히 멍한 표정으로 피올란에게 동조했다.

"나, 나도……."

피올란이 다시 입을 열었다.

"그래서 이번에 예상치 못한 타이밍에 '공국'을 선포하고 그동안 모아 놓은 병력으로 역전을 꾀하려고 하는 건 줄 알았는데⋯⋯."

이안은 피식 웃었다.

그 또한 처음에는 피올란과 같은 생각이었으니까.

'하지만 그렇게 되면 공국이 되더라도 결국 루스펠이라는 커다란 제국 소속의 속국이 될 뿐이니까.'

제국의 울타리에서 벗어나 독자적으로 국가를 세울 수 있는 절호의 기회.

이안은 지금의 상황이 신이 주신 기회라고 생각했다.

게다가 이유가 하나 더 있었다.

'우리가 그동안 모은 힘으로 카이몬 제국군의 통수를 친다면, 스플렌더와 오클란, 그 약아빠진 놈들만 도와주는 꼴인데 그럴 수는 없잖아?'

제국이 망하면, 최대 기득권층인 그들은 함께 망하는 것이나 다름없었다.

물론 그들 중, 벨리언트 길드와는 노선을 함께 가져갈 생각이었지만.

이안이 두 사람을 향해 입을 떼었다.

"어쨌든 우리는 계속해서 최대한 전력을 키우되, 그것을 숨겨야 합니다. 외부인들로부터 최대한 평가절하를 당하는 게 목표라고 보면 되죠."

헤르스와 피올란은 동시에 고개를 끄덕였다.

"오케이, 무슨 말인지 알았어. 길드 내부적으로도 입단속을 잘 해야겠네."

"그러게요, 이안 님의 계획대로라면 꽤나 장기적인 플랜이 되겠어요."

그리고 이안은 한 마디를 덧붙였다.

"아, 그리고 하나 더 생각난 게 있네요."

"뭔데요?"

이안이 입 꼬리를 슬쩍 말아 올렸다.

"아마 곧 있으면 사무엘 진이 지원 요청을 해 올 겁니다."

헤르스가 기겁을 하며 말했다.

"에엑? 그 미친놈이 무슨 염치로 우리한테 지원 요청을 해?"

이안이 피식 웃었다.

"지금까지 우리가 어떤 스탠스도 취하질 않았으니까. 아마 우리가 정확한 정황을 모른다고 생각할 수도 있고, 아니면 우리랑 어떤 거래를 하려고 할 수도 있고."

피올란이 분노에 찬 표정으로 이안을 향해 물었다.

"그럼 어떤 식으로 대응할 생각이신데요?"

"우린 파이로 영지 지켜 내기도 버겁다고 해야죠. 여력이 없다는 데 그쪽에서 뭘 어쩌겠습니까?"

하지만 이안의 대답에도, 피올란은 만족스러운 표정이 아니었다.

"그게 끝?"

그녀의 물음에 이안이 실실 웃으며 대답했다.

"설마요. 당한 만큼, 복수는 해 줘야지."

두 달 내내 사냥에 매진한 이안은 170레벨에 근접할 만큼 빠르게 성장했다.

하지만 그동안 다른 유저들도 놀고 있지는 않았다.

공식적으로 랭킹에 등록된 유저들의 레벨은 이미 170이 넘은 것이었다.

이안은 여전히 정보가 비공개였기에 레벨 랭킹에 이름을 올리고 있지는 않았지만, 현재 레벨로 랭킹 차트에 대입해 보면 10~15위 정도일 것이라고 예측할 수 있었다.

이안처럼 정보를 비공개로 해 놓은, 다른 숨은 랭커들 까지 따진다면 15~20위 정도.

'으음…… 그래도 이젠 정말 많이 따라왔어.'

20위 안쪽이라고 하더라도, 1,2위를 다투는 랭커들과 이제 5레벨도 채 차이나지 않는 상황이었다.

최상위권 유저들이 100~110레벨 정도인 상황에 새로 캐릭터를 만들어 시작한 것을 생각하면, 정말 엄청난 쾌거인 것이다.

게다가 이안만 제외하면 소환술사 공식 랭킹 1위인 로렌의 레벨이 140대 중반 정도이니, 같은 소환술사군 안에서는 정말 독보적이라 할 수 있었다.

'이제 카르세우스 레벨도 140이 넘었고…… 슬슬 직업 퀘스트를 하러 떠날 때가 됐어.'

히든 퀘스트인 셀라무스 전사의 연계 퀘스트는 레벨 제한이 200이었기 때문에 아직도 요원했고, 이안은 그간 밀려 있던 직업 퀘스트들을 모조리 해치울 생각이었다.

'그러고 보니 엄청 신기하네. 테이밍 마스터가 히든 클래스여서 그런 거겠지만, 지금까지 내가 레벨 업한 과정은 일반적인 성장 루트랑은 정말 거리가 멀어.'

일반적으로 50레벨이 넘으면, 유저들은 각자 직업의 탑에서 퀘스트를 받는다. 그리고 그 퀘스트들을 하나하나 해결해 나가면서 차근차근 레벨 업을 하는데, 이안의 경우에는 온갖 특이한 퀘스트와 사건에 휘말리다 보니 정작 직업의 탑에서 얻을 수 있는 직업 퀘스트들은 한 적이 없는 것이다.

'직업 퀘스트 싹 다 하고 나면, 통솔력에 여유가 좀 생기겠지.'

그간 통솔력을 올리는데 정말 최선을 다했음에도, 이안은 카르세우스를 소환하고 나면 다른 소환수는 한 마리밖에 소환할 수 없었다.

　직업 퀘스트는 클리어할 때마다 해당 직업 능력치를 보상으로 얻을 수 있었고, 그래서 이안에게 가장 시급한 것이었다.

　'자, 그건 그렇고 이제 거의 다 온 건가.'

　이안은 안력을 돋우어 멀찍이 휘날리는 깃발들을 살펴보았다.

　그리고 씨익 미소 지었다.

　"이제 복수의 시간이군."

　이안의 시선이 카르세우스를 향해 돌아갔다.

　"모질이, 준비됐지?"

　이안의 말에, 카르세우스가 인상을 찌푸리며 고개를 끄덕였다.

　"뭐, 싸울 준비라면 언제든 되어 있다."

　그런데 특이한 점은, 카르세우스가 폴리모프한 인간형이 평소의 모습이 아니라는 것이었다.

　본래 날카롭게 생긴 얼굴을 한 흑발의 검사였던 그의 외형이, 좀 더 얄상한 외모를 한 궁사의 모습으로 바뀌어 있던 것.

　그리고 그 외형은 다름 아닌 사무엘 진의 모습이었다.

　카르세우스가 사무엘 진의 모습으로 폴리모프한 것이었다.

　뒤에 있던 카이자르가 한마디 했다.

　"어이, 용가리, 너 활도 쏠 줄 알아?"

그 말에 카르세우스가 카이자르를 째려보았다.

"물론. 나는 다루지 못하는 무기가 없다."

자신만만한 표정을 한 카르세우스를 보며, 이안은 등에 메고 있던 무기를 꺼내어 들었다.

그 무기는 창도, 활도 아닌 대검이었다.

그것은 이안의 정체를 숨기기 위함이었다.

"그럼…… 시작해 볼까?"

이안과 카이자르, 그리고 카르세우스.

세 사람이 향하는 곳은 다름 아닌 스플렌더 길드였다.

카르세우스를 오클란 길드의 길드마스터인 사무엘 진의 모습으로 폴리모프시킨 뒤 스플렌더 길드의 진영에서 깽판을 쳐서 두 길드 간의 분열을 일으키려는 계획인 것이었다.

카이자르가 얼굴에 복면을 뒤집어쓰며, 이안을 향해 물었다.

"그런데 영주 놈아, 저놈들도 바보가 아니라면 뭔가 이상하다는 것을 알 텐데, 그렇게 쉽게 속아 줄까?"

이안이 피식 웃으며 대꾸했다.

"뭐, 사실 나도 저들이 속아 줄 거라고 생각하지는 않아."

"그럼?"

"그냥 속 시원하게 깽판이나 놓으려는 거지. 잠깐 동안의 분열은 덤이고."

스플렌더 길드의 깃발을 노려보며, 이안이 말을 이었다.

"오히려 진짜로 속아서 제대로 된 분열이라도 일어나면 곤란해. 그럼 이 방어 전선이 너무 쉽게 깨져 버리니까."

이안은 루스펠 제국이 무너지기까지 최소 4개월~반년 정도의 시간을 잡고 있었다.

'루스펠이 너무 빨리 무너져 버리면, 우리가 힘을 키울 기간이 너무 부족해.'

그렇기 때문에 이안은, 적당히 약 올리며 분탕질이나 치다가 빠질 계획이었다.

"오늘은 스플렌더, 내일은 오클란이다."

물론 오클란 길드의 진영을 들쑤실 땐, 스플렌더 길드의 마스터인 마틴의 외형으로 카르세우스가 활약할 예정이었다.

쿵- 쿵- 쿵-!

오클란 길드의 영주성.

그리고 성의 가장 높은 곳에 자리한 영주실에 앉아 있던 사무엘 진은 바닥이 울리는 소리에 눈살을 찌푸리며 일어섰다.

"뭐야? 어떤 놈이 소란스럽게……!"

하지만 그의 말은 더 이상 이어질 수 없었다.

벌컥.

영주실의 문이 활짝 열리며 마틴이 안으로 들어온 것이었다. 그리고 그는 들어오자마자 영주실의 탁자를 내리쳤다.

쾅!

"사무엘 님, 이게 무슨 짓입니까!"

씩씩거리며 분통을 터뜨리는 마틴을 보며 당황한 사무엘 진이 두 눈을 크게 떴다.

"아니, 마틴 님, 무슨 일이십니까? 제가 뭘 어쨌다고……?"

사무엘 진은 무척이나 당황스러웠지만, 침착하게 대응했고, 마틴은 곧 흥분을 가라앉히고 말을 이어나갔다.

"어제 저녁에, 우리 영지 전진막사 보초병들이 절반 가까이 몰살당했습니다."

그에 사무엘 진은 두 눈이 휘둥그레지며 되물었다.

"네에? 어제 저녁에는 분명 카이몬 진영에 아무 움직임도 없었는데……."

마틴이 고개를 끄덕이며 대답했다.

"그야 그렇겠죠. 우리 병사들을 죽인 건 카이몬 제국이 아니었으니까."

"네? 그럼 대체 누가 그런 짓을……!"

마틴이 손가락으로 사무엘 진을 가리키며 입을 열었다.

"바로, 당신. 현장에서 살아남은 병사들과 유저들이 사무엘 진, 당신의 얼굴을 봤답디다."

처음 이 일을 계획할 때, 이안은 최대한 조심스럽게 움직이기 위해서 카이자르와 카르세우스만을 대동하고 두 진영을 번갈아 들쑤시기 시작했다.

하지만 큰 어려움이 없자, 아예 가신들을 전부 대동하여 소규모 공격대를 꾸려 체계적으로 그들을 괴롭혔다.

이안은 그동안 인재 양성소에서 높은 등급의 가신들을 제법 많이 고용했고, 덕분에 가신만으로도 스무 명 규모의 공격대를 만들 수가 있었다.

이안은 가신들만 들을 수 있게 채팅 설정을 해 놓은 뒤 체계적으로 명령을 내렸다.

-궁사들은 이제 뒤로 빠지고, 지금까지 그랬던 것처럼 외곽만 돌려 깎는다!

이안의 목표는 두 길드를 깨부수는 것이 아니었다.

그것은 당연히 이안 혼자의 전력으로는 불가능한 일이기도 했다.

피잉- 피잉-!

날아간 화살은 길드 막사의 외곽을 지키고 있는 보초병들과 유저들의 목덜미를 사정없이 꿰뚫었다.

-힐러들은 부상당한 인원 회복시켜 주고, 멀쩡한 인원들은 포위당할 일 없게 활로부터 미리 뚫어!

이 공격의 목적은 단지 지칠 때까지 두 길드를 괴롭히는 것이었고, 무척이나 성공적이었다.

벌써 닷새 째.

스플렌더와 오클란 길드의 후방 병력들이 제대로 된 저항 한번 해 보지 못하고 속수무책으로 당하기만 한 것이었다.

하지만 이것은 그들이 약해서가 아니었다.

그들의 대부분의 전력은 카이몬 제국 연합군과의 전선에 투입되어 있었고, 후방에는 비교적 레벨이 낮은 길드원들과 병사들만 배치되어 있었던 탓이었다.

그렇다고 이안 하나 때문에 주력 병력을 후방으로 빼는 것도 불가능했다.

루스펠 연합군 전선에서 가장 강력한 두 길드의 전력이 빠진다면, 그렇지 않아도 열세인 루스펠 제국 연합군의 방어전선이 그대로 무너져 버릴 것이다.

어찌되었든 스플렌더와 오클란은 이안의 괴롭힘 때문에 진퇴양난의 상황에 빠져 버렸고, 이안은 정말 원 없이 두 길드에게 쌓였던 화풀이를 할 수 있었다.

"헉, 헉…… 아우님, 이제 한계입니다. 좀 쉬도록 하는 게 어떨까요?"

"알겠습니다, 형님. 그럼 잠시 쉬었다가 다시 움직이도록 하죠."

파이로 영지의 수성전이 전부 끝나고, 훈이는 카이자르로부터 반쯤 자유를 얻었다.

사실 자유를 얻었다기보다는 카이자르가 훈이에 대한 흥미를 잃어버린 것이었지만.

'흥, 내가 임모탈의 권능만 얻으면 제일 먼저 카이자르 놈부터 잡으러 간다!'

카이자르와 묶여 있는 족쇄를 끊어 내는 것이야말로, 훈이가 해내야 할 가장 첫 번째 과제였다.

그리고 훈이는 자신 있었다.

몇 달 간의 피나는 노력 끝에 임모탈 퀘스트의 끝이 보이고 있었기 때문이었다.

물론 훈이는 이제 260도 넘어 버린 무지막지한 카이자르의 레벨은, 아직까지 알지 못했다.

훈이의 옆에 앉아 있던 카노엘이 입을 열었다.

"크으, 그래도 아우님 덕에 제 레벨도 130이 다 됐네요."

"후후, 전 이제 160레벨이 넘었습니다, 형님."

카노엘이 훈이에게 어둠 군주의 맹약 아이템을 사 준 이후로, 두 사람은 무척이나 친해졌다.

훈이는 세 살 정도가 더 많은 카노엘을 형님이라 불렀고, 카노엘은 훈이를 아우님이라 부르며 호형호제하는 사이가 된 것이다.

훈이의 옆에 항상 붙어 다니는 데스 나이트 발람까지, 이렇게 셋은 임모탈 퀘스트를 공유하는 동안 서로를 의지하며 험난한 여정을 이겨 내고 있었다.

"그건 그렇고, 형님 컨트롤 실력도 확실히 예전에 비해 많이 좋아지신 것 같습니다."

"다 아우님 덕분 아니겠습니까."

허세가 좀 있기는 했지만, 간지훈이는 이안이 인정하는 몇 안 되는 카일란의 실력자였다.

물론, 여기서 말하는 실력이란 능력치나 아이템을 배제한 순수한 컨트롤 능력이었다.

그리고 심각한 '겜알못'이었던 카노엘은, 훈이의 가르침을 받아 점점 사람다운 실력을 갖춰 가는 중이었다.

십여 분 정도 쉬면서 정비를 마친 두 사람은, 계속해서 던전을 뚫기 시작했다.

"발람, 뒤쪽에 몰려 있는 샌드 스컬 아처들부터 좀 처치해 줘!"

-알겠다, 훈이.

"용용이, 브레스!"

크아아오오-!

이제 제법 손발도 척척 맞는 두 사람이었다. 처음에 카노엘은 훈이에게 파티원이라기보다는 심각한 '짐짝'과도 같은 존재였다.

하지만 이제는, 최소 짐이 되지는 않고 있었다.

그리고 그렇게 한 시간 정도가 지났을까?

길고 긴 던전의 끝자락이 드디어 모습을 드러냈다.

"후, 아우님. 이번에는 제대로 찾아온 던전이 맞겠죠?"

떨리는 목소리로 말하는 카노엘을 힐끗 본 훈이는, 심호흡을 한번 한 후 고개를 주억거렸다.

"그럴 겁니다. 이번엔 틀림없을 겁니다."

저벅저벅.

훈이는 천천히 걸어가 던전 끝에 놓여 있는 석판에 손을 올렸다.

그러고는 눈을 질끈 감으며 임모탈의 권능이 봉인되어있는 수정 구슬을, 그 위에 가져다 올렸다.

그리고 훈이의 입에서 석판을 작동시키기 위한 시동어가 울려 퍼졌다.

"어둠의 힘이여, 깨어나라!"

우우웅—!

훈이의 말이 끝나기가 무섭게 비동 전체에 커다란 공명음이 울려 퍼졌다.

새까맣던 수정구슬의 안쪽에서 서서히 빛이 새어나오기 시작했고, 두 사람은 숨죽여 그 광경을 지켜보았다.

그리고 잠시 후, 줄기줄기 퍼지는 빛을 따라 시커먼 연기가 피어오르더니, 그것은 어떤 거대한 형상을 만들어 가기 시작했다.

-그대는 진정 어둠의 군주가 될 자격이 있는가!

던전 전체를 쩌렁쩌렁 울릴 정도의 크고 기괴한 목소리가 들려오고, 동시에 훈이의 눈앞에 퀘스트 창이 떠올랐다.

띠링-.

어둠의 군주 임모탈 (히든, 연계 퀘스트)

천 년 전, 지저에 언데드의 제국을 건설했던, 군주 임모탈의 권능을 깨워 내기 위한 모든 조건이 충족되었습니다.

당신은 임모탈의 영혼으로부터 받은 모든 임무를 훌륭히 수행해 내었고, 임모탈로부터 차기 어둠의 군주에 도전할 수 있는 자격을 인정받았습니다.

이제 지저 던전 100층에 잠들어 있는 임모탈을 깨우고, 그를 제압하여 어둠의 군주로 거듭나십시오.

퀘스트 난이도 : SSS

퀘스트 조건 : 임모탈의 영혼에게 인정받은 유저.

제한 시간 : 없음.

보상 : 흑마법사(어둠의 군주)로 전직.

(보상은 퀘스트에 참여하는 유저의 직업에 따라 달라질 수 있습니다.)

정신없이 퀘스트의 내용을 읽어 내려가는 훈이의 시야에, 한 줄의 시스템 메시지가 추가로 떠올랐다.

-주종 관계가 성립되어 있는 유저, '이안'에게 자동으로 퀘스트가 공유됩니다.

"......?"

성공적인 분탕질을 마치고, 파이로 영지로 돌아와 정비 중이던 이안은 뜬금없는 시스템 메시지를 보고 당황했다.

–주종 관계인 유저 '간지훈이'로부터 퀘스트를 공유받았습니다.

–퀘스트 정보를 확인하시겠습니까?

메시지를 읽은 이안은 어이없는 표정이 되었다.

'뭐야, 내가 언제부터 애랑 주종 관계였어? 카이자르가 내 가신이니, 가신의 주종 관계가 나한테까지 적용되는 건가?'

속으로 중얼거린 이안은 피식 웃으며 퀘스트 정보를 열어 보았다.

좋은 퀘스트일 것이라는 기대 같은 건 하지 않았다.

"퀘스트 확인."

띠링–.

어둠의 군주 임모탈 (히든, 연계 퀘스트)

(중략)

퀘스트 난이도 : SSS
퀘스트 조건 : 임모탈의 영혼에게 인정받은 유저.
제한 시간 : 없음.
보상 : 명성 20만, 전설 등급 소환술 장비 상자.
(보상은 퀘스트에 참여하는 유저의 직업에 따라 달라질 수 있습니다.)

퀘스트 창을 전부 읽은 이안의 눈이 휘둥그레졌다.

"에…… 뭐야?"

무려 트리플 S등급의 난이도를 가진 히든 연계 퀘스트였다.

트리플 S등급의 난이도는 이안조차 단 한 번밖에 본 적 없는 것이었다.

'레벨 제한 200이 걸려 있던 셀라무스 연계 퀘스트랑 난이도가 똑같잖아!'

게다가 '전설 등급 소환술 장비 상자'라는 보상이 무척이나 끌렸다.

아이템의 등급이 전설 등급으로 확정되며, 심지어 소환술사 관련 아이템으로 얻을 수 있다는 뜻이었으니까.

"이거…… 엄청난데?"

생각지도 못한 곳에서 고급 퀘스트를 거저 얻은 이안은, 함박미소를 지었다.

"이렇게 되면 이건 그냥 지나칠 수가 없잖아!"

이안은 곧바로 친구 목록을 열어 훈이에게 메시지를 보냈다.

-이안 : 훈이. 지금 어디냐? 오랜만에 형이 얼굴 좀 보고 싶은데.

그리고 잠시 후, 훈이의 대답이 돌아왔다.

-훈이 : 으…… 이 악적!

이안은 피식 웃으며 다시 메시지를 보냈다.

－이안 : 이거 왜 이러실까? 악적이라니. 그거 주군한테 너무 무엄한 언사 아니냐?

－훈이 : 주군은 무슨! 대체 누가 내 주군이야?

－이안 : 알면서 모르는 척하긴. 이 형님이 네 주군 아니냐. 방금 시스템 메시지가 친절하게 알려 주더만.

－훈이 : …….

－이안 : 잔말 말고, 위치나 불어. 난이도 보니까 트리플 S 등급이던데. 어차피 너 혼자 못 깨잖아.

－훈이 : 그렇지 않다! 혼자 깰 수 있어!

－이안 : 웃기고 있네. 내가 난이도 트리플S인 퀘스트 딱 한 번 받아 봤는데, 레벨 제한이 200이더라. 이걸 너 혼자 어떻게 깨? 잔말 말고 도와준다고 할 때 도움받도록.

－훈이 : 으…… 으으.

－이안 : 자꾸 그러면 도와주기는커녕, 마지막에 들어가서 숟가락만 얹는다?

어차피 공유된 퀘스트인 만큼, 이안이 조금만 노력하면 퀘스트 장소를 찾아가는 것은 일도 아니었다.

'쩝, 괜히 도와준댔나? 말하고 보니까 마지막에 가서 숟가락만 얹어도 되는 거였잖아?'

하지만 일말의 양심에 가책을 느낀 이안은 훈이를 돕기로 마음먹었고, 곧 훈이도 항복의 메시지를 보내 왔다.

―훈이 : 후, 그래, 뭐…… 확실히 네 녀석이 도와준다면 퀘스트 성공률이 더 올라가기는 할 테니까.

　―이안 : 그래 잘 생각했다. 짜식. 형이 앞으로 잘 키워 줄게.

　―훈이 : 쳇, 중부 대륙 477, 65430이다. 이쪽으로 오도록 해.

　―이안 : 오케이. 너도 전투할 준비하고 있어. 쉽지 않은 놈을 상대해야 할 게 분명해 보이니까.

　이안은 빠르게 전투할 채비를 마치고 훈이가 알려 준 좌표를 향해 이동했다.

　이안 혼자 움직이는 것이었지만, 가신들을 대동하다 보니 거의 하나의 파티가 움직이는 듯한 모양새였다.

　"중부 대륙에 이런 곳도 있는 줄은 몰랐네?"

　훈이가 찍어 준 좌표에 가까워질수록, 사막의 모래 색이 점점 회색빛으로 바뀌어 가고 있었다.

　그리고 깊숙이 들어가자, 회색빛 모래들은 아예 푸석푸석한 시멘트 같은 느낌의 땅으로 변했다.

　신기한 듯 여기저기 두리번거리는 이안을 보며 카이자르가 입을 열었다.

　"이곳은…… 임모탈의 땅이군."

　카이자르의 말에, 이안은 반사적으로 되물었다.

　"어? 가신님, 임모탈에 대해 아는 거 있어? 아까는 모르는 것 같더니."

카이자르는 천천히 고개를 끄덕였다.

"원래 없었던 기억인데, 이곳의 풍경을 보니 하나둘 떠오른다."

이안이 카이자르를 재촉했다.

"생각나는 거 다 얘기해 봐. 사전 정보가 좀 있으면 좋지."

그에 카이자르가 천천히 설명을 시작했다.

"결론부터 얘기하자면, 임모탈은 아군이다."

"웅? 그건 무슨 뜬금없는 얘기야."

"크흐음……."

갑작스레 떠오르는 기억들이 혼란스러운지, 카이자르는 관자놀이를 문지르며 천천히 설명을 이어 나갔다.

그리고 그 내용은 무척이나 신선한 것이었다.

"임모탈은 언데드를 수족처럼 부리는 어둠의 군주다. 그의 본성은 무척이나 사악하지. 하지만 천 년 전, 인류와 언데드는 한편이 되어 악마들과 맞서 싸웠다."

"악마?"

"그래, 악마. 마계의 마족들이라고 할 수 있지."

"오호……."

카이자르는 부스러지는 바닥을 가볍게 발로 문지르며 과거를 회상했다.

"언데드들의 주된 터전은 지저地底라고 할 수 있지만, 어쨌든 이 땅을 지켜야 하는 것은 그들도 인간과 마찬가지였다. 마족들은 이 차원계를 식민지화하려 했으니까."

이안뿐 아니라, 다른 가신들도 카이자르의 이야기를 흥미롭게 듣고 있었다.

"그리고 인간과 언데드가 협력하는 과정에서, '흑마법사'라는 클래스가 처음으로 생겨났다. 지금의 흑마법사들의 뿌리가 바로 임모탈이라고 할 수 있지."

카이자르는 검을 들어 전방 멀찍한 곳을 가리켰다.

그리고 그곳에는 안개 속에 가려진 기괴한 형태의 첨탑이 솟아 있었다.

"바로 저곳이 임모탈이 잠들어 있는 곳이다. 그리고 보니 내 부하인 훈이라는 인간, 제법 능력 있는 흑마법사인가 보군. 임모탈로부터 인정을 받다니 말이야."

"……."

이안은 어쩐지 훈이가 안쓰럽다는 생각이 들었다.

'쯧, 내 가신이긴 하지만, 어쩌다가 저런 무지막지한 괴물한테 걸려서…… 불쌍한 녀석.'

카이자르가 다시 흥미를 갖기 시작했으니, 훈이가 자유를 얻는 날은 다시 요원해진 듯싶었다.

이안과 카이자르가 이런저런 이야기를 나누는 사이, 일행은 안개를 뚫고 첨탑의 바로 앞까지 도착했다.

그리고 그곳에는, 이안을 기다리던 훈이가 서 있었다.

"오랜만이야, 이안."

그런데 그때, 훈이의 옆에 있던 남자가 후다닥 달려 나와 이안의 손을 맞잡았다.

"이안 님, 팬이에요!"

한편, 또 다른 중부 대륙의 외곽 지역.

이안과 훈이가 퀘스트를 위해 도달한 지점과 정확히 반대인 위치에, 한 여인이 길게 늘어진 망토를 휘날리며 걷고 있었다.

고급스러운 로브에 한쪽 끝이 새빨갛게 타오르는 특이한 형태의 지팡이를 든 여인.

그녀는 마법사 랭킹 1위로 유명한 홍염의 마도사 레미르였다.

일전에 그녀는 사무엘 진에게 영입되어 잠시 오클란 길드의 소속이었던 적이 있었지만, 현재는 아니었다.

레미르는 원래부터 개인주의적인 성향이 무척이나 강한 유저였기 때문에, 중부 대륙이 열린 뒤부터는 길드에서 나와 다시 개인 플레이를 하기 시작했다.

"태양의 신전이 이 근처에 있어야 하는데……."

레미르는 자신이 적어 놓은 좌표와 지도상에 표기된 좌표를 꼼꼼히 확인한 뒤 고개를 갸웃거렸다.

"뭐지? 분명히 여기가 맞는데……."

그녀는 슬슬 짜증이 나기 시작했다.

무려 트리플S 등급의 난이도를 가진 히든 퀘스트를 몇 개 월에 걸쳐 클리어했더니, 그에 대한 보상을 받을 수 있는 퀘스트의 종착역이 보이지가 않는 것이었다.

그런데 그때 그녀의 머리 위에 거대한 그림자가 드리워지기 시작했고, 그것을 느낀 레미르는 고개를 들어 하늘을 올려다보았다.

그리고 아무런 감정도 담겨 있지 않던 그녀의 두 눈이 가늘게 떨리기 시작했다.

"드, 드래곤?"

그녀의 작은 입술 사이를 뚫고 나온 한 마디 말처럼, 레미르의 눈동자에 담긴 거대한 생명체는 분명 드래곤이었다.

온몸이 타는 듯한 붉은 비늘로 뒤덮인 레드 드래곤.

레미르는 당장 마법이라도 쏘아 보낼 기세로 지팡이를 치켜들었지만, 드래곤은 그녀와 싸울 생각이 없었다.

천천히 그녀의 앞까지 다가온 드래곤은 사뿐히 내려앉아 커다란 얼굴을 그녀의 앞으로 들이밀었다.

그가 천천히 입을 열었다.

-태양의 신전을 찾아온 것이로구나.

세상이 울린 듯한 느낌을 받을 정도로 웅혼한 드래곤의 음성에 레미르는 잠시 머리가 멍해지는 것을 느꼈지만, 곧 정신을 차리고 입을 열었다.

"그렇다. 나는 태양신의 부름을 받아 이곳에 왔다."

거대한 드래곤인 자신의 앞에서도 한 치의 위축됨 없이 말하는 그녀를 보며, 그는 따뜻한 미소를 지었다.

─확실히, 헬레나 님께서 선택하신 인간답군.

말이 끝나기가 무섭게 레드 드래곤의 거대한 몸이 새하얀 빛으로 뒤덮였고, 그 크기가 점점 작아졌다.

우우웅.

낮은 공명음과 함께 레미르의 앞에 한 사내가 나타났다.

그는 새빨간 머리칼을 가진, 아름다운 얼굴의 남자였다.

그가 입을 열었다.

"나는 헬레나 님의 권능을 이어받은 태양의 드래곤, 라노헬이다."

말을 마친 그는 허공을 향해 손을 뻗었고, 그와 동시에 그의 손에서 새하얀 빛줄기가 뿜어져 나가기 시작했다.

"……!"

그의 손에서 뿜어진 빛줄기는 허공을 새하얗게 수놓았고, 레미르는 놀란 눈으로 그 광경을 지켜보았다.

잠시 후, 온통 새하얗던 공간에 빛이 잦아들며 사막 한복판인 줄로만 알았던 곳에 웅장한 신전이 나타났다.

태양의 드래곤, 라노헬이 씨익 웃으며 입을 열었다.

"홍염의 군주가 된 것을 축하한다."

라노헬의 말이 끝난 순간, 레미르의 온몸이 새빨간 화염에 휩싸이기 시작했다.

하지만 레미르는 뜨거움을 느끼지 않았다.

"드디어…… 끝난 건가?"

그녀는 길고 길었던 여정을 생각하며 밝게 웃었다. 그리고 그녀의 눈앞에 시스템 메시지가 연달아 떠오르기 시작했다.

-'태양신의 권좌' 퀘스트를 성공적으로 클리어하셨습니다.

-명성을 30만 만큼 획득합니다.

-'태양신의 지팡이' 아이템을 획득하셨습니다.

-경험치를 8,250만 만큼 획득합니다.

-레벨이 올랐습니다. 177레벨이 되었습니다.

-히든 클래스 '홍염의 군주'로 전직할 수 있습니다. 전직하시겠습니까?

떠오르는 시스템 메시지들을 찬찬히 읽어 내려간 레미르는, 고개를 끄덕이며 입을 열었다.

"전직한다."

그러자 레미르의 주변을 감싸고돌던 시뻘건 화염이, 그녀의 심장을 향해 빨려 들어갔다.

후우웅-!

-히든 클래스 '홍염의 마도사'에서 상위 클래스인 '홍염의 군주'로 전직을 성공하셨습니다.

그리고 잠시 후, 중부 대륙에 접속해 있던 모든 유저들의 시야에 한 줄의 시스템 메시지가 추가로 떠올랐다.

-중부 대륙의 첫 번째 전설이 깨어났습니다.

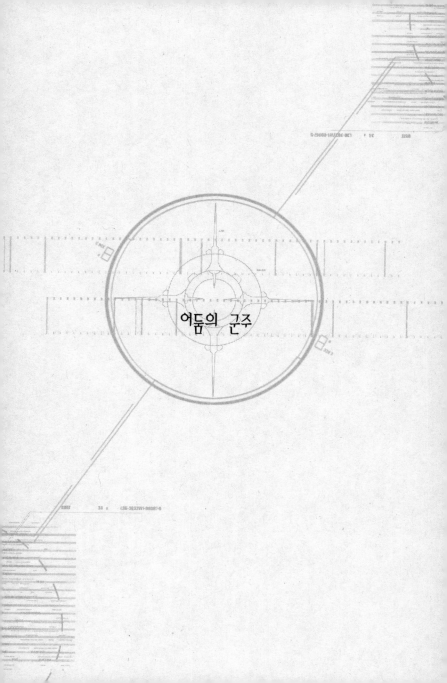

어둠의 군주

Taming
Master

어둠의 군주인 임모탈이 잠들어 있는 장소답게, 첨탑 내부는 무척이나 스산한 기운이 감돌았다.

첨탑 안에 등장하는 평균적인 몬스터 레벨은 150~170 사이로, 중부 대륙의 히든 던전 치고는 낮은 편이었다.

그러나 다른 던전들에 비해 몬스터의 개체수가 두 배 이상 많아서 오히려 난이도는 더 어려웠다.

이것은 언데드들이 주로 출몰하는 던전의 특징이었다.

'여기 완전 꿀 던전이잖아?'

하지만 이안에게 통용되는 이야기는 아니었다.

몰이사냥과 다대다 전투에 최적화되어 있는 이안의 특성상, 평균 레벨이 낮고 개체수가 많은 이런 던전이야 말로 최적의 사냥터라 할 수 있었던 것이다.

반면에 1:1전투에 특화되어 있는 암살자 클래스에는 아마도 지옥 같은 사냥터로 느껴질 것이었다.

"훈이, 넌 딜 욕심 좀 내지 말고 몬스터나 최대한 많이 좀 몰아와 봐. 자꾸 딜 넣으려고 하니까 대열이 깨지잖아. 사냥 효율도 떨어지고."

이안의 핀잔에 훈이의 표정이 일그러졌다.

"쳇, 알겠어."

훈이는 시야 구석에 띄워 놓은 파티 구성원의 대미지 게이지를 확인하고는 입술을 삐죽 내밀었다.

DPS는 물론 누적 피해량을 보아도, 이안의 절반조차 되지 않았기 때문이었다.

DPS란 Damage Per Sec의 약자, 즉 '초 당 적에게 입힌 평균 피해량'이었다.

훈이는 이안을 힐끗 보며 속으로 구시렁거렸다.

'저 괴물은 대체 그동안 얼마나 더 강해진 거야? 내가 알기로 DPS에 가신들이 공격한 피해량은 포함이 안 될 텐데……'

소환술사가 PVE에 가장 강력한 직업으로 알려져 있었지만, 흑마법사도 만만치 않았다.

그렇기에 훈이도 욕심을 내서 이안과 딜 량 경쟁을 한번 해 보려고 한 것이었는데, 너무 압도적으로 차이 났기 때문에 깔끔히 포기해 버렸다.

아예 다른 영역에 있는 존재라고 생각하니, 자존심이 상하지도 않았다.

'역시 임모탈의 권능을 빨리 손에 넣어야 해.'

이안과의 경쟁은 어둠의 군주가 된 다음으로 미루기로 한 훈이는, 빠르게 스컬들을 컨트롤해 맵에 흩어져 있는 몬스터들을 몰아왔다.

그리고 두 사람이 사냥하는 모습을, 카노엘은 입을 쩍 벌리고 구경하고 있었다.

'와, 경험치 오르는 것 봐. 버스 제대로네 진짜.'

카노엘이 하는 것이라고는, 이안이 광역 스킬들을 발동시키는 타이밍에 맞춰 용용이의 브레스를 한 번씩 얹어 주는 정도였다.

그마저도 이안의 레이크가 뿜는 브레스에 비하면 절반도 되지 않는 위력이었지만.

"어비스 홀!"

쿠오오오-!

세리아도 이안과 함께 사냥하면서 컨트롤 능력이 제법 늘어서, 떡대의 어비스 홀을 적재적소에 잘 발동시켜 주었다.

그리고 어비스 홀이 발동될 때면, 여지없이 광역 딜링 스킬이 그 위를 뒤덮었다.

콰아아앙-!

-어둠의 주술사를 처치했습니다.

―어둠의 마검사를 처치했습니다.

―경험치가 1,547,989만큼 증가합니다.

―경험치가 1,772,534만큼 증가합니다.

여럿이 나눠 먹음에도 백만 단위로 빠르게 차오르는 경험치를 보며, 이안 또한 만족스러운 표정을 지었다.

'임모탈인지 뭔지, 만나기 전에 잘하면 170레벨 찍을 수 있겠어.'

레벨 업에 필요한 경험치는 천문학적이었고, 그렇기 때문에 레벨 업은 할 때마다 매번 뿌듯했다.

특히 십의 자리가 바뀔 때는 그냥 레벨 업을 할 때보다도 더욱 기분이 좋았다.

뭔가 한 단계 업그레이드되는 기분이랄까.

"지금 우리가 몇 층에 있는 거지?"

이안의 물음에 훈이가 곧바로 대답했다.

"36층이야."

옆에 있던 카노엘이 고개를 절레절레 흔들며 중얼거렸다.

"어휴, 대체 몇 층까지 있는 걸까요? 50층은 돼야 끝나려나?"

이안이 피식 웃으며 말했다.

"아마 그 정도까지 있을 것 같은데, 제 마음 같아선 100층까지 있으면 좋겠군요."

"네에? 대체 왜요?"

"이만한 사냥터 찾기도 힘들잖아요. 지금 최초 발견 버프까지 씌워져 있고요. 퀘스트 깨는 김에 경험치도 쌓고 좋죠, 뭘."

이안의 말에 카노엘은 질린 표정이 되었고, 훈이는 고개를 절레절레 저었다.

훈이는 언데드들을 열심히 컨트롤하며 속으로 중얼거렸다.

'설마 100층이라니……. 그럴 리는 없겠지. 생각만 해도 끔찍하잖아?'

그런데 그것이 실제로 일어나고 말았다.

"으아, 난 더 못가! 못 간다고!"

맵에 있던 마지막 몬스터를 처치한 훈이는, 그대로 자리에 주저앉아 버렸다.

"후우……. 이안 님, 조금만 쉬었다 가는 게 어떨까요?"

카노엘은 훈이의 옆에 털썩 앉아, 그렁그렁한 눈으로 이안을 올려다보았다.

이안이 피식 웃으며 대답했다.

"뭐 이리들 약해빠졌어? 이제 사냥 시작한 지 10시간 정도 된 것 같은데."

10시간이 넘게 부대끼며 사냥하다 보니, 이안은 카노엘과도 제법 친해져, 말을 놓게 되었다.

카노엘도 이안과 다섯 살이나 차이 났기 때문에, 별 거리낌은 없었다.

"⋯⋯."

할 말이 없어진 카노엘과 훈이는 동시에 침묵에 빠졌고, 이안의 말이 이어졌다.

"뭐, 그럼 잠깐만 쉬자. 몇 층까지 있을지 모르니까 잠깐 쉬는 것도 괜찮겠지. 100층이 끝이 아닐지도 모르잖아?"

세 사람이 올라서 있는 층은 87층.

100층이 끝이 아닐지도 모른다는 말에, 두 사람은 질겁했다.

"설마⋯⋯! 그럴 리 없어! 밖에서 봤을 때 그렇게 높아 보이지 않았다고!"

"맞아요, 그건 인간적으로 말도 안 돼⋯⋯."

두 사람에게 유일하게 희망적인 것은, 50층이 넘어선 이후로 맵이 계속 조금씩 좁아진다는 것이었다.

맵이 좁아지고 있다는 것은, 첨탑의 뾰족한 부분에 도달하고 있다는 증거였으니까.

"자, 다 쉬었으면 빨리 움직이자. 오늘 자기 전에는 임모탈인지 뭔지 잡아야 될 거 아니야."

그래도 임모탈이라는 말에 힘을 얻은 훈이가 자리에서 벌떡 일어났다.

"그래. 임모탈 잡아야지. 내가 그놈 때문에 벌써 몇 달째

고생 중인데."

하지만 카노엘은 여전히 힘이 나질 않는지, 후들거리는 다리를 붙잡고 천천히 일어났다.

"으...... 으으......."

그렇게 두어 시간 정도가 지났을까?

일행은 쉬지 않고 탑을 오른 끝에, 드디어 100층에 도착할 수 있었다.

다행히 위로 올라가는 길은 없었고, 그들의 앞에는 커다란 마법진이 하나 그려져 있었다.

마법진의 앞으로 다가간 훈이는, 인벤토리에서 기괴한 형태를 가진 나무로 된 아이템을 하나 꺼내어 들었다.

지팡이라기에는 조금 짧고, 완드라고 하기엔 기다란, 알 수 없는 물체를 꺼내든 훈이는 마법진의 중앙으로 걸어가 그 물건을 바닥에 꽂았다.

"자, 이제 임모탈을 소환하는 거야?"

이안의 물음에 훈이가 대답했다.

"소환한다기보다는...... 깨운다고 해야 하나?"

그리고 마법진 뒤로 물러선 훈이는, 진지한 표정으로 천천히 시동어를 외기 시작했다.

─어둠의 군주 임모탈이시여. 모든 준비를 마친 그대의 후예가 어둠의 성지에 도달했나이다.

웅웅거리며 사방으로 목소리가 퍼지는 걸로 봐서 시스템

이 훈이의 몸을 지배하고 있는 듯 보였지만, 평소에 워낙 진지한 자세로 역할에 몰입해 있는 모습을 많이 보여 주는 그였기에 하나도 위화감이 느껴지질 않았다.

"여하튼, 특이한 놈이라니까."

이안과 카노엘은 조금 멀찍이 떨어져 그 광경을 지켜보고 있었다.

잠시 후, 복잡하게 바닥에 새겨진 마법진을 따라 희미한 빛이 새어나오기 시작했다.

우웅- 우우웅-!

그리고 마법진을 그리는 선과 선이 만나는 꼭짓점마다 둥글게 빛이 모이기 시작하더니, 허공으로 그 빛이 쏘아져 나왔다.

"오오……."

어느새 정신을 차리고 그 광경을 보고 있던 훈이가 낮은 목소리로 감탄사를 흘렸고, 이안과 카노엘 또한 흥미로운 표정으로 그것을 보고 있었다.

잠시 후.

허공으로 쏘아진 빛은 하나의 커다란 포탈을 만들어 내었다.

"아무래도 저기로 들어가면 되는 거 같지?"

이안의 물음에 훈이가 대답하려던 찰나, 허공에서 웅웅거리는 목소리가 들려왔다.

－진정한 죽음과 어둠의 세계를 본 적이 있는가.

차갑고 칼칼한 목소리가 맵 전체에 계속해서 울려 퍼졌다.

－내 시험을 통과한다면, 그대에게 내 전부를 주도록 하겠다.

그리고 그 목소리가 울려 퍼짐과 동시에, 어둠의 포탈은 일행을 전부 집어삼켰다.

쓰아아아－.

지금껏 들어보지 못한 음침하고 괴기한 바람소리가 어디선가 들려왔다.

어둠으로 뒤덮인 이공간에 떨어진 일행은 당황해서 주변을 두리번거렸다.

"뭐야, 이렇게 아무것도 안 보이는 곳에서 싸워야 하는 거야?"

누구를 향해 묻는 것인지 모를 훈이의 말에, 이안이 짧게 대답했다.

"정신 차려, 인마. 자그마치 트리플S 등급 퀘스트야. 잠깐 사이에 골로 가도 이상하지 않을 난이도라고."

이안의 경고에, 훈이와 카노엘은 정신을 바짝 차리고 주변을 경계했다.

어둠에 익숙해지기 시작하자, 조금씩 시야가 보이기 시작했다.

그리고 예의 그 목소리가 다시 들려왔다.

-'간지훈이'라고 했나.

"그렇다."

이안은 예상치 못한 공격(?)에 웃음이 새어나올 뻔했지만, 가까스로 참아 내고는 속으로 중얼거렸다.

'저 녀석 아이디가 간지훈이였지. 저건 여러 번 들어도 왜 적응이 안 되냐.'

두 사람의 대화가 이어졌다.

-고작 이 정도의 전력으로 나의 시험에 도전하다니. 그 배짱 하나는 높이 사도록 하지.

비웃는 듯한 그 목소리에, 훈이가 지지 않고 대답했다.

"최소한의 전력으로 그대의 시험을 통과해야 진정한 의미에서의 어둠의 군주가 될 수 있을 것이라 생각했다. 이것은 어둠의 마도사로서, 나의 자존심이다."

B급 애니메이션의 주인공이 할 법한 대사를 표정 하나 바꾸지 않고 뱉어 내는 훈이를 보며, 이안과 카노엘은 혀를 내둘렀다.

'아 씨, 부끄러움은 왜 우리 몫인 거냐?'

이번에는 시스템에 의해 조종되는 것도 분명 아니었다.

이안은 양손을 쥐락펴락하며 오그라드는 손가락을 겨우 진정시켰다.

그와 별개로 훈이는, 이미 자신의 역할에 100퍼센트 몰입해 있었다.

−크하하핫! 이거 참 재밌는 인간이군. 마음에 들어. 어쩐지 즐거운 승부가 될 것 같군.

임모탈의 말이 끝나자, 새카만 어둠 속에서부터 희뿌연 회색빛이 일행을 향해 다가오기 시작했다.

희미하여 형체를 알아보기 힘들었던 그 빛무리는, 잠시 후 커다란 스컬 메이지의 형상으로 변하였다.

앙상한 뼈다귀 위에 살짝 띄워진 형태로 감긴 보랏빛의 로브.

보는 이로 하여금 공포를 자아낼 정도로 그로테스크한 모습을 한 그것은, 리치킹을 연상케 했다.

그는 앙상한 턱관절을 천천히 움직이며 낮은 목소리로 포효했다.

−자, 이제부터, 그대가 과연 어둠의 군주가 될 능력이 있는지 시험해 보도록 하겠다!

한편, 임모탈의 위압적인 모습을 한 차례 노려본 이안은, 라이를 제외하고 소환했던 모든 소환수를 소환 해제하였다.

그리고 지금까지 소환하지 않고 있었던 카르세우스를 소환했다.

−크오오오!

이제 통솔력이 제법 올라, 카르세우스와 라이까지는 동시에 소환할 수 있게 된 것이었다.

그리고 거대한 드래곤을 발견한 임모탈이 새하얀 흰자위를 희번득거렸다.

며칠 전부터, 카일란 공식 커뮤니티에는 진위를 알 수 없는 소문이 떠돌기 시작했다.

그것은 카일란 세계관 안에, 천 년 전에 존재했던 영웅들과 관련된 히든 클래스에 관련된 이야기였다.

그리고 그 소문의 발단은, 며칠 전 월드 메시지로 떠오른 '중부 대륙의 첫 번째 전설이 깨어났습니다.'라는 메시지였다.

중부 대륙의 전설이 무엇이냐에 관해 여러 유저들이 추측하고 조사하기 시작했다.

그러던 중 한 랭커가 자신도 그와 관련된 퀘스트를 하고 있다는 말을 꺼낸 후로 더 크게 화제가 된 것이었다.

그리고 사이버 수사대를 자처하는 네티즌들은 기어이 그 첫 번째 전설이라는 인물이 누구인지에 대해서도 밝혀냈다.

사실 그건 크게 어렵지 않은 것일 수도 있었다.

레미르는 워낙에 유명한 네임드 랭커였고, 네임드들 중에 몇 안 되는 모든 정보를 공개로 설정해 놓은 인물이었기 때문이었다.

그녀의 클래스가 홍염의 마도사에서 홍염의 군주로 바뀐 사실은, 반나절도 되지 않아 캡처되어 사이트에 올라왔다.

─얘들아, 중부 대륙의 전설인지 뭔지, 그거 히든 클래스만 얻으면 인생 역전 가능한 거냐?

─꿈 깨라, 멍청아. 히든 클래스라고 만능인 줄 아냐. 자기한테 잘 맞는 클래스를 하는 게 중요하지.

─아니, 근데 님들, 그냥 히든 클래스가 아니라 중부 대륙의 전설과 관련된 히든 클래스잖아요. 일반적인 히든 클래스랑 똑같이 생각하면 안 될 듯.

─윗 분 말이 맞습니다. 사람들이 잘 모르는데, 히든 클래스에도 티어가 존재한다고 하더라고요. 많은 분들이 알고 계신 저격수라던가 광전사, 마도사 등이 1티어 히든 클래스고요.

─맞아요. 레미르의 원래 클래스였던 '홍염의 마도사'도 2티어 히든 클래스라고 알고 있습니다.

─오, 그렇다면 홍염의 군주는 3티어 히든 클래스겠네요?

─뭐, 정확히는 모르지만 아마도 그렇겠죠?

─와, 그럼 결국 처음에 어떻게든 히든 클래스 달고 시작했어야 하는 건가? 이거 히든 클래스 있어 봤자 무소용이라고 예전에 포스팅 올렸던 놈 어디 갔어?

─하…… 나도 그 말만 믿고 있었는데. 캐릭터 삭제하고 다시 키워야 하는 부분인가요?

-노노, 님들 흥분하지 마세요. 히든 클래스에 티어가 있다고는 하지만, 주변에 흔한 1티어 히든 클래스는 정말 일반 클래스와 별반 다를 거 없고요, 2티어부터 조금씩 좋아지는 것 같은데 높은 티어의 히든 클래스를 얻기 위해서 꼭 아래 등급의 히든 클래스를 거쳐야 하는 것은 아니거든요.

-아, 그래요? 그럼 일반 클래스인 유저들도 레미르처럼 곧바로 3티어 히든 클래스 얻는 것도 가능한 건가요?

-뭐, 관련 퀘스트만 어디서 잘 주워오면 가능할 듯.

-오오!

항상 월드 메시지로 모든 유저에게 떠오르는 정보는, 게임의 큰 줄기나 굵직굵직한 업데이트와 관련이 있는 경우가 많았다.

그렇기 때문에 많은 유저들이 이 부분에 대해 예민하게 반응했고, 한때 불타올랐었지만 잊혔던 히든 클래스들에 관한 논쟁도 다시 수면 위로 떠올랐다.

-님들, 근데 내 히든 클래스가 몇 티어인지는 어떻게 확인하나요?

-그건…… 따로 확인하는 방법은 아직까지 알려지지 않았다고 알고 있는데요. 왜요? 님, 히든 클래스임?

-네. 저 히든 클래스인데…….

-오오! 뭔데요? 뭔데?

-오, 여기 금수저 냄새 난다! 히든 클래스래!

-아, 저…… 그저께 전직했는데, 클래스 이름이 빛의 사제였나 그럴 거든요.

-에이, 뭐야. 빛의 사제래.

-아, 난 또 분위기 잡기에 뭐 있는 줄 알았네.

-에에, 왜요? 히든 클래스가 아닌가요?

-아니, 그런 건 아닌데, 1티어가 확실한 클래스입니다. 빛의 사제 는…….

-지금까지 사냥하면서 빛의 사제 최소 150번은 본 듯.

-나도, 나도.

-…….

그렇게 점점 유저들의 관심이 모이기 시작하며, 화두가 커져 가고 있던 그때였다.

아니나 다를까, 카일란의 개발사인 LB소프트에서 공식 사이트에 커다란 폭탄과도 같은 트레일러 영상들을 한 번에 열세 개나 올렸다. 영상들은 각각 50분이라는 제법 긴 러닝타임을 가지고 있었으며, 각기 다른 카일란 영웅들의 일대기를 다루는 내용이었다.

LB사에서는 아무런 텍스트나 설명도 없이 열세 개의 영상만을 공개했을 뿐이었지만, 유저들의 반응은 폭발적이었다.

-와 씨. 진짜 어마어마하네. 그냥 이거 영화로 만들어도 되겠어.

-아니, 이 정도면 이미 영화 아니냐? 요즘 스크린에 걸려 있는 어지
간한 영화들보다 훨씬 재밌는데? 퀄리티는 말할 것도 없고.

　-미친, 쩐다. 보니까 이게 중부 대륙의 영웅인지 뭔지와 관련된 영상
들인 것 같은데…….

　-제가 영상 뜨자마자 보기 시작해서 방금 다 봤는데, 이거 히든 클래
스랑 관련된 떡밥은 맞는 것 같아요.

　-오, 리얼? 벌써 다 본 거예요?

　-네. 근데 중부 대륙의 영웅은 아니고요, 고대에 활약했던 대륙의 영
웅들에 대한 영상이더라고요. 보니까, 중부 대륙 다섯, 동부 서부 각각
셋. 그리고 북부 대륙에 둘. 이렇게 총 열셋이네요.

　-중부, 동부, 서부는 결국 콜로나르 대륙에 속해 있는 하나의 땅덩어
리니까 묶자면, 콜로나르 대륙에 총 열한 명, 북부 말라카 대륙에 두 명
이라고 정리할 수 있겠네요.

　-헐, 정보 감사!

　-크으, 선지자 님 덕에 신선한 정보 알아갑니다.

　그리고 게시된 동영상마다 화면의 오른쪽 위에 작은 글씨
로 영상의 제목이 숨겨져 있었으며, 그 이름들은 다음과 같
았다.

　1. 황혼의 검투사 라페이 - 말라카의 잊힌 영웅.

　2. 드래곤 테이머 오클리 - 프릴라니아 계곡의 혈투.

　3. 홍염의 군주 싯다르타 - 마족 사냥꾼과 싯다르타.

4. 어둠의 군주 임모탈 – 망자의 협곡.

카르세우스를 발견한 임모탈은 놀란 눈이 되어 이안을 응시했다.

–네놈은…… 북부 대륙에서 내려온 영웅인가.

"……?"

임모탈이 무슨 말을 하는지 이해하지 못한 이안은 두 눈을 깜빡거리며 되물었다.

"뭔 소리야? 뜬금없이."

하지만 이안의 말은 무시한 채, 임모탈이 계속해서 말을 이었다.

–흠…… 북부 대륙의 소환술사는 아닌 모양이군. 그런데 어떻게 '그'의 드래곤을 가지고 있는 거지?

임모탈의 회상보다는 그가 떨궈 줄 아이템에 더 관심이 있는 이안은, 창을 휘둘러 전류 증식을 쏘아 보냈다.

파앙–!

"빨리 덤비기나 하라고. 시간 없으니까."

그에 임모탈이 눈살을 찌푸리며 으르렁거렸다.

–오만한 인간이로군. 네가 얼마나 보잘 것 없는 존재였는지 깨달을 수 있게 해 주지.

그 말이 끝남과 동시에 훈이와 이안, 그리고 임모탈은 서로를 향해 동시에 뛰어들었고, 카노엘은 슬금슬금 눈치를 보며 전투에 합류했다.

쾅- 콰쾅-!

훈이가 쏘아 보낸 어둠의 마력탄을 손짓 한 번으로 막아낸 임모탈이 허공으로 손을 뻗으며 소환 주문을 외우기 시작했다.

-지저 세계의 망령들이여, 어둠의 군주의 부름에 응답하라!

말이 끝나기가 무섭게 새까맣게 어두운 맵의 곳곳에서 보랏빛 기류가 솟아오르기 시작했고, 그 자리에 하나둘 검은 그림자들이 나타났다.

그리고 그것을 발견한 이안이 흥미로운 표정으로 훈이에게 말했다.

"오, 네가 소환하던 석탄 같은 재질의 스켈레톤들이 임모탈로부터 나온 거였어?"

훈이가 소환한 스켈레톤들은 일반적인 다른 흑마법사들이 소환하는 백골의 스켈레톤과 다른 검정색이었고, 이안은 그것이 항상 신기했던 것이었다.

훈이는 인상을 팍 쓰며 대꾸했다.

"석탄이라니! 저렇게 반들반들하게 윤기 나는 석탄 본 적 있어?"

"윤기는 무슨, 푸석푸석하기만 하고만."

둘은 티격태격하면서도 계속해서 몸을 놀렸다.

그리고 잠시 후, 전장에는 임모탈과 훈이 일행이 치고받는 소리밖에 들리지 않았다.

임모탈은 여유 부리며 상대할 수 있는 상대가 아니었던 것이다.

특히 임모탈이 가장 까다로운 점은, 힘들게 생명력을 깎아 놓아도 소환한 언데드를 흡수하며 다시 생명력을 회복해 버린다는 것이었다.

많은 흑마법사가 가지고 있는 기술이었지만, 일반적인 흑마법사들은 소환할 수 있는 언데드들의 숫자에 한계가 있었다.

그렇기에 무한정 체력을 회복할 수 있는 스킬은 아니어서 그리 위협적이지 않았지만 임모탈은 달랐던 것이다.

임모탈은 죽여도 죽여도 끝도 없이 계속해서 언데드를 소환해 내었고, 덕분에 훈이와 이안은 죽을 맛이었다.

"아니, 제기랄. 이거 이러면 대체 어떻게 죽이라는 소리야?"

훈이의 투정에 이안이 짧게 대꾸했다.

"이것도 다 경험치 아니겠어?"

"……정말 징하군."

이안은 힐끔 임모탈의 생명력 게이지를 확인했다.

계속해서 생명력을 회복하고는 있었지만, 다행히 스킬에 재사용 대기 시간은 있는지 크게 보면 조금씩 생명력이 떨어지고 있기는 한 것 같았다.

'으, 딜이 조금만 부족했어도 잡지 못했겠어.'

만약 이안의 파티가 넣는 딜량이 임모탈이 언데드로부터
흡수하는 생명력의 회복량보다 적었더라면, 임모탈은 아직
까지도 풀HP를 유지했으리라.

온 정신을 집중해 가며 임모탈과 대적 중이던 이안이 돌연
훈이에게 메시지를 보냈다.

–이안 : 야, 훈이. 너 예전에 루키 리그에서 나한테 썼던 기술 있지?

훈이는 살짝 당황했지만, 곧 침착하게 대답했다.

–훈이 : 뭐 말하는 거야?
–이안 : 왜, 그 있잖아. 대미지 반사하는 스킬.
–훈이 : 아, 망자의 보복?

파앙–!
이안은 발밑으로 내리꽂히는 보랏빛 광선을 재빨리 피해
내고는 다시 메시지를 보냈다.

–이안 : 그래, 그거.

순간 두 사람은 짧게 눈이 마주쳤고, 곧바로 서로가 원하

는 움직임에 대해 이해했다.

이안이 라이와 카르세우스에게 빠르게 명령을 내렸다.

"카르세우스, 조금 뒤로 빠지고, 라이, 나랑 같이 들어가자."

지금까지는 비교적 생명력과 방어력이 좋은 카르세우스가 앞쪽에서 딜러 겸 탱커 역할을 하고 있었지만, 이안은 과감히 그를 뒤로 물렸다.

그리고 소환수들은 아무런 의문 없이 곧바로 이안의 명령에 따라 움직였다.

-알겠다. 주인.

-그러도록 하지.

이안과 라이는 임모탈의 양쪽을 빠르게 파고들었고, 훈이는 해골들을 뒤로 물리며 이안에게 짧게 메시지를 보냈다.

-훈이 : 그런데 한 방은 버틸 수 있는 거 맞지?

-이안 : 물론이지!

망자의 보복 스킬은 피격자가 입은 피해를 공격자에게 돌려주는, 단순히 보면 무척이나 사기적인 능력을 가진 스킬이었다.

하지만 실상 이 스킬을 실전에서 제대로 활용하는 흑마법사들은 많지 않았다.

'훈이 놈 컨트롤 정도면, 타이밍은 제대로 맞춰 줄 수 있겠지?'

망자의 보복은 1초도 채 되지 않는 무척 짧은 시간 동안만 지속되었고, 그 찰나의 시간을 대미지가 들어오는 시간에 맞춰서 사용해야 효과가 발동되었기 때문에 무척이나 까다로운 스킬이었던 것이다.

게다가 한 방에 피격자가 죽어 버리면 스킬 효과가 발동되지 않았기에 지금껏 자신의 소환수들에게는 사용하지 못했었다.

훈이의 스켈레톤들은 임모탈의 공격 한 번을 버텨 내지 못하고 부서져 버렸으니까.

-크아아아! 놈들, 겁을 상실했구나!

달려드는 이안과 라이를 보며, 임모탈은 보랏빛으로 타오르는 앙상한 손을 우악스럽게 휘둘렀다.

하지만 순발력에 특화된 라이와 이안은 여유 있게 공격을 피해 내며 임모탈의 빈틈에 계속해서 딜을 넣었다.

'아직은 아니야. 이것보다 훨씬 큰 한 방을 노려야 돼.'

카일란에서는 유저가 한번 공격 패턴을 사용하고 나면 보스 몬스터의 AI가 그 패턴을 학습한다.

그렇기 때문에 이렇게 난이도 높은 공격 방식은 두 번째부터는 사용하기 어려울 것이었고, 이안은 최대한 큰 기술에 망자의 보복을 사용해 주고 싶었다.

그리고 그때, 임모탈의 움직임이 변하기 시작했다.

고오오오-!

그의 지팡이 끝에 맺히기 시작한 어둡고 사이한 기운을 캐치한 이안은 훈이에게 짧게 신호를 보내었고, 훈이는 고개를 끄덕이며 마법을 캐스팅할 준비를 마쳤다.

'캐스팅 시간이 1.5초. 발동되는 데 0.5초 정도가 더 걸리니까…….'

이안은 빈틈을 보인 채 임모탈의 지팡이를 향해 뛰어들었고, 기다렸다는 듯 지팡이에서 시퍼런 불길이 뿜어져 나왔다.

-크아아! 죽어라, 이노옴!

그리고 그와 동시에, 훈이가 뻗은 손끝에서 한 줄기 빛이 이안을 향해 빠른 속도로 뻗어 나갔다.

콰아앙-!

-어둠의 군주 임모탈로부터 치명적인 피해를 입었습니다!

-생명력이 86,772만큼 감소합니다.

이안은 정말 온몸으로 임모탈의 공격을 받아 내었다.

단 한 방에 10만에 가까운 어마어마한 대미지가 들어오면서, 이안의 생명력은 바닥까지 떨어졌다.

'휴, 생각보다도 더 대미지가 커서 놀랐잖아. 다행히 죽진 않았네.'

-크하하핫, 어리석은 놈!

하지만 물론, 그것이 끝은 아니었다.

훈이의 망자의 보복 스킬이 정확한 타이밍에 발동되는데
성공한 것이었다.

번쩍 하며 이안의 몸에서 튀어 나간 검정색 기류가 그것을
증명했다.

퍼어엉-!

임모탈은 전투가 시작된 이후, 처음으로 당황한 표정이 되
었다.

-이, 이게……!

-'간지훈이' 유저의 스킬 '망자의 보복'이 발동하여 입은 피해의 562
퍼센트를 적에게 되돌려 줍니다.

-어둠의 군주 임모탈이 487,658 만큼의 피해를 입었습니다!

시스템 메시지에 떠오르는 대미지량을 보고, 이안은 자신
도 모르게 입을 쩍 벌렸다.

'와, 미친! 48만이라고? 한 번에 20만 대미지 이상 들어가
는 건 처음 봤어!'

아무리 네임드 보스급 몬스터라고 하더라도, 50만에 가까
운 피해를 일순간에 입으니 한 번에 생명력 게이지가 절반이
넘게 깎여 나갔다.

그리고 그 충격으로 임모탈의 몸이 비틀거렸다.

이안은 재빠르게 카르세우스와 라이에게 명령을 내려 후
속 공격을 지시했고, 자신은 뒤로 살짝 빠져 나갔다.

망자의 보복을 발동시키는 데에는 성공했지만, 그 자신 역

시 아슬아슬할 정도로 생명력이 조금 남은 탓이었다.

이안이 앞으로 나아가며 언데드들을 부리는 훈이를 힐끔 보며 속으로 중얼거렸다.

'루키 리그 때는 대미지 증폭률이 이 정도는 아니었던 것 같은데, 그동안 숙련도를 정말 많이 쌓았나 보네.'

이안이 기억하기로, 루키 리그에서 망자의 보복에 당했을 때 그 대미지 증폭률은 두세 배 정도였다.

거의 그 두 배 정도로 스킬의 위력이 증가한 것이었다.

'나중에 저놈이랑 PVP라도 하게 되면, 이 스킬만큼은 정말 조심해야겠어.'

한편 생명력이 10퍼센트도 채 남지 않은 임모탈은 마지막 발악을 시작했고, 이안은 사방으로 터져 나오는 임모탈의 광역 스킬을 요리조리 피해 가며 열심히 생명력을 회복했다.

이안에게는 10레벨 대부터 지금까지 쉬지 않고 열심히 숙련도를 쌓아 온 응급처치 스킬이 있었다.

-'응급처치' 스킬을 사용했습니다.

-생명력이 초당 1.25퍼센트만큼, 추가로 537만큼 회복됩니다. 30초 동안 지속됩니다.

처음 응급처치 스킬을 배웠을 때, 퍼센트 회복량이 0.2퍼센트, 고정 회복량이 10 정도였던 것을 생각하면 장족의 발전이었다.

게다가 이안의 가신들 중 사제 클래스도 몇몇 있었기 때문에, 얼마 지나지 않아 이안의 생명력은 다시 최대치까지 회복되었다.

"이번에 마무리 짓자!"

회복을 마친 이안이 창대를 휘두르며 빠른 속도로 임모탈을 향해 달려들었다.

임모탈이 소환한 데스 나이트들이 이안의 앞을 막았지만, 이안은 그들을 무시하고 피해 갔다.

'어차피 놈만 죽여 버리면 끝이니까!'

임모탈이 소환한 데스나이트들은 일반적인 흑마법사가 부리는 데스나이트보다도 더 강력했다.

아무리 이안이라도 혼자서 두셋 이상 상대하기는 버거울 만큼의 전투력을 가진 것이다.

그러니 데스나이트를 상대하다가 시간을 뺏겨 임모탈이 생명력을 회복하기라도 하면 곤란해진다.

"카르세우스, 브레스 준비해!"

─알겠다. 주인.

카르세우스가 거대한 꼬리를 휘둘러 달려드는 언데드들을 몰아내고는 숨을 들이마시기 시작했다.

그리고 그것을 발견한 임모탈은 위기감을 느꼈다.

─가소로운 드래곤 녀석!

임모탈의 몸 주위에 어둠의 기류가 맴돌기 시작했고, 그것은 실드가 되어 그의 몸을 감쌌다.

그리고 임모탈이 전방에 있던 데스나이트를 향해 손을 뻗었다.

데스나이트의 몸이 허공으로 두둥실 떠올랐다.

"그렇게 둘 순 없지!"

데스나이트를 흡수해 생명력을 회복하려는 것임을 파악한 이안은, 라이와 함께 동시에 몸을 움직였다.

타탓!

그리고 전력을 다한 둘의 공격이, 무방비 상태인 데스나이트를 향해 파고들었다.

촤라락-!

콰쾅-!

-어둠의 군주 임모탈의 고유 능력, 라이프 드레인 스킬이 캔슬되었습니다.

떠오르는 시스템 메시지를 보며 훈이가 엄지손가락을 치켜 올렸다.

"나이스 타이밍!"

정말 조금만 늦었어도 스킬이 발동되어 임모탈의 생명력은 다시 회복되었을 것이고, 간발의 차이로 그것을 저지하는 데 성공한 것이었다.

거리가 조금이라도 멀었거나, 이안과 라이의 반응 속도가 약간이라도 느렸더라면 허탈한 상황이 연출되었으리라.

-크아아악-!

뭔가 잘못되어 감을 느낀 임모탈은 두 눈을 부릅뜨며 괴성을 터뜨렸다.

-크아아오오!

그의 지척까지 날아온 카르세우스가, 코앞에다 대고 강력한 브레스를 뿜어내었다.

화르륵-.

드래곤의 상징이자 필살기와도 같은 능력인 브레스의 파괴력은 정말 대단했다.

-소환수 '카르세우스'가 고유 능력 드래곤 브레스를 발동했습니다.

-소환수 '카르세우스'가 어둠의 군주 임모탈에게 치명적인 피해를 입혔습니다.

-어둠의 군주 '임모탈'의 생명력이 157,989만큼 감소합니다.

치이이익-!

보랏빛으로 일렁이는 드래곤의 숨결에 직격당한 임모탈은, 그 자리에서 그대로 녹아내리고 말았다.

-크아아오!

카르세우스는 커다란 날개를 펄럭이며 허공을 향해 포효했고, 임모탈을 비롯해 그가 소환한 모든 언데드는 연기가 되어 허공으로 사라졌다.

-내가…… 당할 줄이야…….

그리고 이안과 훈이가 기다렸던 시스템 알림음이 울려 퍼졌다.

띠링.

−'어둠의 군주 임모탈'의 환영을 성공적으로 처치했습니다.

−어둠의 차원계가 붕괴됩니다.

메시지가 떠오름과 동시에, 사방을 둘러싸고 있던 어둠이 천천히 걷혀 나갔고, 포탈로 입장하기 전 보았던 첨탑 100층의 모습이 일행의 시야에 들어왔다.

다만 달라진 것은, 포탈이 있던 자리에 어둠으로 물든 환영 하나가 두둥실 떠 있다는 점이었다.

훈이와 이안은 천천히 그를 향해 다가갔다.

−후후. 놀랍군. 내가 이렇게 무력하게 당할 줄이야.

무력하다고 하기엔 제법 골치 아팠던 전투였지만, 그래도 생각했던 것보다 쉽게 마무리된 것은 사실이었기에 두 사람은 고개를 끄덕였다.

훈이가 임모탈을 향해 말했다.

"후후, 이제 나를 인정하겠는가?"

다시 역할극의 세계에 빠진 훈이를 보며, 이안은 살짝 움찔했다.

'그래도 이제 좀 적응이 되는 것 같기도 하고……'

이안이 고개를 절레절레 젓는 동안 둘의 대화가 이어졌다.

−인정한다. 그대는 나의 힘을 잇기에 충분한 자질을 갖추었군.

"크큭, 어둠의 군주가 되어 임모탈의 이름을 널리 알리도록 하지."

-좋아, 인간, 마음에 든다. 모름지기 어둠의 군주라면 그 정도의 패기는 있어야 하는 법. 기대하겠다.

임모탈은 앙상한 그의 손을 훈이를 향해 뻗었고, 그 손끝에 맺힌 칠흑색의 기류가 훈이의 온몸을 휘감기 시작했다.

후우웅―!

그와 함께 시스템 알림음이 울려 퍼졌다.

띠링―.

-'어둠의 군주 임모탈' (히든, 연계 퀘스트)를 모두 성공적으로 클리어하셨습니다.

-클리어 등급 : S

-명성을 30만 만큼 획득합니다.

-'임모탈의 권능' 아이템을 획득하셨습니다.

-경험치를 8,250만 만큼 획득합니다.

-레벨이 올랐습니다. 167레벨이 되었습니다.

-히든 클래스 '어둠의 군주'로 전직할 수 있습니다. 전직하시겠습니까?

눈앞에 주르륵 펼쳐지는 시스템 메시지를 확인한 훈이가 광소를 터뜨렸다.

"크핫핫핫!"

그에 옆에 있던 이안이 눈살을 찌푸렸다.

"빨리 퀘스트나 마무리해, 인마. 네가 끝나야 나도 보상을 받을 거 아냐."

메인 퀘스트 진행자의 퀘스트 보상 수령이 전부 끝나야,

공유받은 유저들도 보상을 받을 수 있었다.

이안의 핀잔에 입술을 삐죽 내민 훈이가 다시 입을 열었다.

"쳇, 산통 좀 깨지 말라고. 몰입감 좋았는데."

훈이는 아직까지 눈앞에 둥둥 떠 있는 임모탈을 한 번 힐끗 본 뒤, 말을 이었다.

"어둠의 군주로 전직한다."

그 말이 끝남과 동시에, 훈이의 몸을 감싸던 어둠의 기류는 격렬한 회오리를 만들며 심장을 향해 빨려 들어갔다.

후우웅—!

—히든 클래스 '어둠술사'에서, 상위 클래스인 '어둠의 군주'로 전직을 성공하셨습니다.

그리고 잠시 후…….

중부 대륙에 접속해 있던 모든 유저들의 시야에, 레미르가 홍염의 군주로 전직했을 때와 마찬가지로 시스템 메시지가 한 줄 떠올랐다.

—중부 대륙의 두 번째 전설이 깨어났습니다.

훈이의 보상 수령이 끝나자, 함께 퀘스트를 클리어한 이안과 카노엘에게도 행복한 보상 수령의 시간이 왔다.

"흐흣, 오랜만에 상자다운 상자를 오픈할 수 있는 시간이

온 건가?"

이안은 인벤토리의 한 구석에 떡 하니 들어가 있는 '전설 등급 소환술 장비 상자'를 확인하고는 함박웃음을 지었다.

그리고 옆에 있던 카노엘에게로 고개를 돌렸다.

"야, 너도 소환술사니까 장비 상자 받았겠네?"

하지만 이안의 예상과는 다르게, 카노엘은 고개를 저었다.

"아, 아뇨? 저는 보상이 다른데요?"

"응?"

이안은 흥미로운 표정이 되었고, 소환술사와 관련이 없는 훈이도 관심 있는 표정으로 카노엘을 응시했다.

"에…… 저는 무슨 통솔력의 귀걸이? 이걸 받았어요. 그리고 무슨 퀘스트도 하나 생겼네요."

이안이 반사적으로 다시 물었다.

"뭐? 통솔력의 귀걸이?"

"네. 근데 이거 별로 좋은 것 같진 않아요. 다른 옵션은 아무것도 없고 그냥 통솔력만 1,500이 붙어 있어요."

"……."

이안은 내 놓으라는 말이 턱 밑까지 차올랐지만, 겨우 이성을 잃지 않으며 고개를 끄덕였다.

"그……렇구나. 그럼 퀘스트는 뭔데?"

카노엘이 해맑게 웃으며 말했다.

"아, 퀘스트요? 공유해 드릴게요, 잠시만요!"

"그, 그럴 필요까진……!"

당황한 이안이 손사래를 쳤지만, 그보다 카노엘의 퀘스트 공유가 한발 빨랐다.

카노엘은 이안과 훈이 모두에게 퀘스트를 공유했다.

띠링-.

드래곤 테이머 오클리의 염원 (히든, 연계 퀘스트)

천 년 전, 말라카 대륙의 북부를 감싸고 있는 프릴라니아 계곡에는 드래곤 테이머들의 보금자리가 있었다.

하지만 그들은 마롱 칼리파의 군대를과 혈투 끝에 전멸하기에 이르렀고, 세상에 드래곤 테이머는 단 한 명도 남지 않았다.

말라카 대륙(북부 대륙) 어딘가를 떠돌고 있는 오클리의 영혼을 찾아 그의 시험을 통과하라.

퀘스트 난이도 : SSS

퀘스트 조건 : 임모탈의 영혼에게 인정받은 유저.

제한 시간 : 없음.

보상 : 명성 20만, 전설 등급 소환술 장비 상자.

(보상은 퀘스트에 참여하는 유저의 직업에 따라 달라질 수 있습니다.)

퀘스트 창을 보자마자 이안의 눈이 살짝 커졌다.

'엥? 이거 뭔가 낯이 익은 퀘스트인데?'

하지만 그것과는 별개로, 임모탈 퀘스트와 동일한 보상을 보자마자 일단 퀘스트를 수락하기로 결정했다.

"퀘스트 수락!"

그러나 카노엘에게도 빨대를 꽂으려던 이안의 계획은 실

패로 돌아갔다.

—이미 진행한 적이 있는 퀘스트입니다.

—퀘스트를 공유받는 데 실패했습니다.

"젠장……."

이안은 아쉬운 마음에 괜히 죄도 없는 오클리를 생각하며 투덜거렸다.

"에이, 치사한 영감탱이 같으니라고. 난이도도 트리플S로 바뀌었고 좀 한 번 더 하게 해 주면 덧나나."

한편 퀘스트를 다 읽은 훈이는 눈을 동그랗게 뜨고 카노엘을 향해 고개를 돌렸다.

"형, 이거 대박인데요?"

카노엘이 의아한 표정으로 되물었다.

"음? 그래요? 대박 좋은 퀘스트인가요?"

순수한 표정으로 되묻는 카노엘에게 훈이가 친절하게 설명해 주었다.

"아 형, 말 편하게 하시라니까요."

"그, 그럴까?"

떨떠름한 표정의 카노엘에게 훈이가 다시 말을 이었다.

"형, 최근에 카일란 커뮤니티 들어가 본 적 없죠?"

"네. 아니, 응. 없는 것 같아."

"이 연계 퀘스트 클리어하면, 형도 히든 직업 얻을 수 있을 거예요. 말라카 대륙의 2대 영웅인 오클리 퀘스트네요."

"오오, 뭔지 모르지만 멋있어!"

"……."

어딘가 나사 빠진 듯한 두 사람의 대화를 듣고 있던 이안은 입맛을 다셨다.

"으, 장비 상자랑 20만 명성 아깝네. 분명 경험치도 어마어마하게 주는 퀘스트였을 텐데."

이안은 구시렁거리며 퀘스트를 준 임모탈에게 물었다.

"야, 근데 오클리 영감이 저번에 나한테 이제 업보를 내려놓고 떠난다고 했거든? 아직 말라카에 있냐, 그 영감?"

그 말에 무표정한 얼굴이던 임모탈이 곧바로 반응했다.

–음…… 네놈, 오클리를 어떻게 알지?

그의 말에 이안은 대략적으로 오클리와 있었던 일에 대해 설명했고, 임모탈은 놀란 표정이 되었다.

–후, 어쩐지. 드래곤을 부릴 때부터 보통 놈이 아니라고는 생각했지만……. 그리고 보니 네놈에게선 이리엘의 기운도 느껴지는군.

이안은 영문을 모르겠다는 표정으로 두 눈을 깜빡였다.

'이리엘은 또 누구야? 어디서 들어 본 것 같은데…….'

잠시 뜸을 들인 임모탈은 이안의 두 눈을 응시하며 천천히 다시 입을 열었다.

–내 부탁 하나 들어줘야겠다, 인간.

"응?"

밑도 끝도 없는 부탁이란 말에 이안은 당황했지만, 그 뒤로 떠오르는 퀘스트를 보고는 더욱 놀랄 수밖에 없었다.

띠링-.

마족의 태동(히든)

어둠의 군주 임모탈은 얼마 전부터 중부 대륙 곳곳에서 마기를 느끼기
시작했다고 한다.

천 년 전의 비극이 되풀이되지 않기 위선, 그 원인을 미리 파악하고
대륙의 영웅들과 힘을 합쳐야 한다.

하지만 아직 모든 영웅들이 나타나지 않았고, 지금은 마족에 대한 정보
를 수집해야 할 때이다.

사랑의 숲의 관리자인 이리엘을 찾아가 그녀로부터 정보를 얻자.

퀘스트 난이도 : S

퀘스트 조건 : 신룡의 영혼을 가진 소환술사.

　　　　　　　소환술 마스터 1레벨.

제한 시간 : 없음

보상 : ?

*보유 중인 퀘스트인 '마룡 칼리파의 그림자(히든)' 퀘스트와 연관되어
있는 퀘스트입니다.

임모탈 그리고 어둠의 군주 퀘스트.

이 퀘스트에서 사실상 최고의 이득을 취한 건 카노엘이
었다.

남들은 고생이란 고생을 있는 대로 다 하고야 얻는 대륙의
영웅 퀘스트를, 훈이의 퀘스트에 숟가락 한 번 얹은 것으로

얻었으니까.

이렇게 되면 거금을 들여 훈이에게 장비를 사 준 것도 손해가 아닌 수준이었다.

"크으, 훈아, 내가 그럼 그 커뮤니티 영상에 있는 할아버지처럼 되는 거야?"

카노엘의 말에 훈이가 대답했다.

"아마 그렇겠지? 드래곤 테이머라니, 뭔가 멋지네. 이안 형, 형은 안 부러워?"

세 사람은 이번 퀘스트를 하면서 제법 친해져서, 이제 형 동생 하며 말을 편하게 하는 사이가 되었다.

좀 특이하기는 하지만, 이안도 두 동생이 싫지 않았다.

게다가 '어둠의 첨탑'의 던전 최초 발견 버프가 끝나기 전까지 사냥하자고 이안이 우기는 바람에, 며칠 더 고생하면서 친밀도가 더욱 높아졌다.

"난 뭐, 별로 안 부럽네. 내 히든 클래스에 충분히 만족해서."

이안의 말에 훈이가 고개를 주억거렸다.

"하긴, 뭔지는 몰라도 대단한 히든 클래스를 가지고 있겠지. 그렇지 않다면 이런 비상식적인 성장은 말이 되질 않으니까."

추가로 첨탑에 있던 고 레벨의 언데드 군단까지 쓸어담은 이안은, 이제 170레벨도 훌쩍 넘어 버렸다.

레벨 업이 그렇게 빠르다는 흑마법사 랭킹 1위보다도 더 레벨이 높은 것이었다.

정말 비상식이라는 말이 어울리는 성장 속도였다.

세 사람은 잠시 후 파이로 영지에 도착했다.

"후, 영지 꽤 오랜만에 오네. 나 잡템 좀 팔고 영주성에 볼 일 보러 가야겠어. 너희 둘은 어쩔 거야?"

이안의 물음에 카노엘이 슬쩍 훈이의 눈치를 봤고, 훈이가 피식 웃으며 대답했다.

"나도 정비 좀 하고, 이 형 따라서 북부 대륙 가 보려고. 불쌍한 형인데, 이 어둠의 군주님이 도와줘야지."

"그래……."

이안은 진행했던 퀘스트였기 때문에 공유받지 못했지만, 훈이는 카노엘의 퀘스트를 공유받을 수 있었다.

그렇기에 도와준다는 말이 틀린 것은 아니었으나, 훈이도 충분히 이득이 되는 일이었다.

"무튼 그럼, 나중에 봅시다."

"오케이!"

그리고 이안이 돌아서려는데, 카노엘이 쭈뼛거리며 이안을 향해 입을 열었다.

"이안 형, 진짜 고마웠어. 덕분에 이제 좀 뭘 알 것 같아. 진짜 내 스승님이야."

그 말에 이안은 피식 웃었다. 거의 일주일 동안 붙어 다니면서, 이안은 쉴 새 없이 카노엘을 갈궜던 것이다.

'진짜 이 멍청이 플레이 하는 거 보다가 암세포 생기는 줄 알았지.'

결국 컨트롤이나 반응 속도 같은 피지컬의 영역은 어쩔 수 없었지만, 이론적인 부분은 제법 많이 발전시킬 수 있었다.

'그래도 이제 스킬 운용 같은 건 사람답게 하기는 하니까.'

이안은 웃으며 대답했다.

"그래, 다음에 만났을 때에도 그 모양이면 파문이다, 인마."

"그, 그래……."

잠깐의 실랑이 끝에 두 사람과 헤어진 이안은 빠르게 걸음을 옮겼다.

'덕분에 직업의 탑 퀘스트는 또 나중으로 미뤄졌지만 그래도 얻은 게 많은 퀘스트였어.'

일단 막대한 양의 명성과 경험치를 얻었고, 거기에 새로운 히든 퀘스트까지 추가로 받았다.

이 정도만 해도 충분히 남는 장사였는데, 전설의 직업 아이템 상자에서도 제법 괜찮은 아이템이 나온 것이다.

아이템의 이름은 '정령왕의 반지'.

카노엘이 얻은 통솔의 반지만큼 무지막지한 양의 통솔력을 올려 주지는 않았지만 어느 정도는 통솔력 스텟 옵션이 있기도 했고, 무엇보다 꿀 같은 옵션이 하나 붙어 있었다.

'전설 아이템 치고는 통솔력이 조금 붙어 있어서 실망했지

만 그런 꿀 옵션이 붙어 있을 줄은 몰랐지.'

그것은 바로, 충성도와 친밀도가 최대치인 소환수에 한해 통솔력 소모량을 15퍼센트 줄여 주는 옵션이었다.

덕분에 이안은 카르세우스를 소환하고도 라이와 빡빡이, 그리고 할리까지 소환할 수 있게 되었다. 레벨이 한두 개만 더 오르면 할리 대신 핀을 소환할 수도 있을 것 같았다.

"자, 이제 새로운 퀘스트를 위해 또 이동해 볼까?"

잡템을 다 처분한 이안은, 마지막으로 원래 쓰던 반지를 경매장에 올려놓은 뒤 장터에서 빠져나왔다.

중부 대륙에서 가장 발전이 빠르고 인구가 많은 영지답게, 파이로 영지의 장터는 많은 사람들로 북적였다.

이안은 퀘스트를 진행하기 위해 퀘스트 정보를 다시 열어 찬찬히 읽어 보았다.

"그나저나 이리엘에게 가야 하는데…… 사랑의 숲에는 어 떻게 갔었더라?"

사랑의 숲은 시공을 초월한 공간이었다.

이계異界라는 수식이 어울리는 곳.

잠시 후, 이안은 사랑의 숲에 가는 방법을 기억해 내고는 한숨을 푹 내쉬었다.

"하아, 그리퍼 님의 마탑까지 또 가야 하는 거잖아?"

사랑의 숲에 가기 위해서는 그리퍼의 도움이 필요했던 것.

그런데 그때, 이안을 따라오던 라이가 이안에게 물었다.

─주인. 그 전에 그녀에게 연락을 해 보는 게 어떤가.

생각지도 못했던 라이의 말에, 이안은 반사적으로 되물었다.

"그게 무슨 말이야? 무슨 수로 이리엘 님께 연락을 해?"

라이가 고개를 절레절레 저으며 대답했다.

─사랑의 숲을 나오기 전에, 그녀가 통신 구슬을 주인에게 줬던 것으로 기억한다.

"……!"

그제야 통신 구슬의 존재가 생각이 난 이안은 손뼉을 탁 치며 인벤토리를 열었다.

"맞다, 그게 있었지!"

─그렇다, 주인.

이안은 기특한지 라이의 등을 열심히 쓰다듬었다.

"크으, 라이 너 엄청 똑똑하구나."

그 말에 라이는 우쭐한 표정을 지어 보였다.

하지만 그 화기애애한 분위기가 마음에 안 들었는지, 카이자르가 퉁명스런 목소리로 산통을 깼다.

"내가 볼 땐 라이가 똑똑한 게 아니라, 영주 놈이 멍청한 것 같다."

이안은 예상했던 것보다 훨씬 쉽고 빠르게 사랑의 숲에 도착할 수 있었다.

이리엘이 주었던 수정구는, 통신 기능뿐만 아니라 사랑의 숲으로 길을 열어 주는 포탈을 생성하는 기능도 가지고 있었던 것이었다.

무척이나 오랜만에 사랑의 숲에 도착한 이안은, 당시의 악몽(?)이 떠올랐는지, 몸을 부르르 떨었다.

"여긴…… 역시나 불쾌한 곳이야."

이안의 말에 한차례 맵을 둘러본 카이자르가 고개를 끄덕이며 동의했다.

"동감한다. 확실히 기분 나쁜 곳이군. 차라리 음침한 임모탈의 첨탑이 훨씬 운치 있고 좋았던 것 같다."

"……"

순간 카이자르르 향해 슬쩍 시선을 준 이안은 연민의 눈길을 보내었다.

'그래도 난 이제 솔로 탈출했는데 우리 가신님은 아직도 모태솔로인 거야?'

무려 천 년이 넘는 기간 동안 순정을 지켜 온 동정남 카이자르. 물론 카이자르가 그런 이야기를 이안에게 한 적은 없었지만, 저 흔들리는 눈빛만으로도 이안은 짐작할 수 있었다.

'카이자르는 천 년 전에도 활약했었다니까 최소 천 살은 넘은 건데……'

저벅저벅.

이리엘이 있는 곳으로 향하는 길은 오래 전 사랑의 숲에

방문했을 때와 하나도 변한 것 없이 똑같았고, 카이자르의
표정은 점점 더 굳어졌다.

과거의 이안보다도 훨씬 숙성도(?)가 높은 모태솔로인 카
이자르에게, 사랑의 숲은 정말 지옥 같은 곳이었으니까.

"영주 놈아."

"왜, 가신님?"

카이자르가 검을 뽑아 숲 건너편에 지나가는 사슴 무리를
가리키며 물었다.

"우리 겸사겸사 사냥이라도 좀 하면서 갈까?"

"……."

"몸이 근질거리지 않아?"

"그, 글쎄……."

이안은 식은땀을 흘리며 속으로 중얼거렸다.

'그때 내가 했던 요정 중매 퀘스트를 만약 카이자르가 했
더라면, 그 요정 놈은 아마 그 자리에서 세상을 하직했겠지.'

이안은 될 놈은 된다는 말이 어떤 건지 몸소 보여 준 그 요
정의 이름을 아직도 기억하고 있었다.

카이자르보다는 못하지만, 나름 모태솔로 150년차였던 인
생 선배 윗슨.

'윗슨…… 그는 잘 살고 있을까? 그 사이에 깨진 건 아니
겠지?'

만약 깨졌다고 하더라도, 이리엘이 어떻게든 둘을 다시 이

어 줬을 것이었다.

여기는 사랑이 넘치는 사랑의 숲이었으니까.

살기에 가득찬 한 인물만 제외한다면 말이다.

"영주 놈아, 유니콘 고기 한번 먹어 보고 싶지 않냐?"

"아, 아니. 왠지 맛없을 것 같아……."

물론 과거와는 달리 지금의 이안은 강력했기 때문에 유니콘들을 사냥하려면 못할 것은 없었다. 유니콘들의 레벨은 170대였고, 이안은 그보다 더 강력한 몬스터들도 많이 사냥해 왔으니까.

하지만 문제는 따로 있었다.

그것은 바로, 레벨을 가늠할 수조차 없는 고대의 NPC인 이리엘이다.

'여기서 깽판을 쳤다간 퀘스트고 나발이고 이리엘한테 죽을지도 몰라. 아니, 카이자르랑 이리엘이 멱살 잡고 싸우기 시작하면, 고래 싸움에 새우 등만 터지겠지.'

카이자르를 겨우 진정시킨 이안은 최대한 빨리 움직여 이리엘이 있는 곳으로 향했다.

사랑의 숲은…… 역시 너무나도 위험한 곳이었다.

보통의 일반적인 게임이라면, 개발사가 유저들의 콘텐츠

소모 속도를 따라가지 못하는 경우가 많았다.

특히 게임 콘텐츠 소모 속도로 전 세계 게임 개발사들을 두려움에 떨게 하는 한국의 유저들이라면, 더 말할 것도 없었다.

하지만 LB소프트, 그리고 카일란은 달랐다.

LB소프트는 카일란을 출시한 이래로 반년에 한 번씩 꼬박꼬박 대규모 업데이트를 해 왔는데, 재밌는 건 기존의 콘텐츠조차 아직 제대로 소모되지 않은 상황에서 계속해서 새로운 것이 생긴다는 점이었다.

유저들이 정신없이 카일란의 방대한 콘텐츠를 즐기는 동안 여지없이 그 시기는 또 한 번 다가왔고, 유저들은 기대에 부풀어 올랐다.

콘텐츠가 넘쳐난다는 것은 게이머들에게 있어서 항상 즐거운 일이었으니까.

그리고 LB소프트는 그 기대를 저버리지 않았다.

반년이 지나기 정확히 보름 전, '고대 대륙의 영웅들'이라는 떡밥을 유저들에게 뿌렸으며 일주일 전인 오늘, 공식 업데이트 일정이 발표된 것이다.

-와, 미친. 난 아직 중부 대륙 가 보지도 못했는데, 또 뭐가 새로 나온다고?

-저도 마찬가지예요. 이제 겨우 콘텐츠 따라잡았나 싶었더니 또 뭐가

나오네.

　-크으. 이래서 제가 카일란을 사랑한다니까요. 하루 종일 해도 할게 넘쳐나는 게임은 진짜 이 게임밖에 없어.

　-그러니까요. 제 친구는 아예 전투 버리고 생산 직업 쪽만 파고 있는데도 할 게 너무 많대요.

　-흐. 이 정도면 오히려 유저가 지치는 수준.

　-지치긴 왜 지쳐요. 배부른 소리 하시네. 그냥 할 수 있는 만큼만 즐기면 됩니다. 이 게임을 다른 게임들처럼 있는 모든 콘텐츠 다 해 보겠다고 설치면 안 돼요.

　-윗 님 말에 동의함. 제가 이전에 다른 게임 할 때는 전투 직업이랑 생산 직업 듀얼로 다 마스터 단계까지 찍었었는데. 카일란은 엄두도 안 나네요.

　이번 대규모 업데이트의 타이틀은, '차원 전쟁'이었다.

　마계를 비롯해 여러 차원계를 잇는 게이트가 순차적으로 열리게 되고, 그곳을 통해서 다른 차원계의 종족들과 싸우게 된다는 다소 간결한 설명이 덧붙여 있었다.

　일단 공개된 이계는 '마계'뿐이었고, 언제 어떤 식으로 진행될 것이라는 구체적인 언급도 없을 뿐더러 무척이나 불친절하게 설명되어 있었지만 유저들은 열광했다.

　그것은 다름 아닌 50분짜리 티저 영상 때문이었다.

　그 안에는, 각 직업별로 마계에서 추가로 얻을 수 있는 '듀

얼 직업'에 대한 내용이 담겨 있었던 것이다.

물론 누구나 가능한 것은 아니었고 '마계를 탐험할 수 있을 정도로 강력한' 유저들만이 가능한 콘텐츠였지만, 이것은 이제껏 특별한 직업을 가져 보지 못한 많은 유저들을 열광하게 하기에 부족함이 없었다.

―와…… 저거 무슨 직업일까요?

―어떤 거요?

―막 빨간색 번개 같은 게 비처럼 내리는 스킬 있었잖아요. 그거 쓰는 직업 말이에요.

―아무래도 마법사랑 호환되는 클래스가 아닐까 싶네요.

―크으, 간지 터진다!

―전 그것도 멋있어 보였지만, 허공에 검 다섯 개 띄워 놓고 싸우는 전사 클래스 보고 충격 먹었음. 이건 진짜 비주얼 쇼크야.

―님들, 근데 전 소환술사인데. 소환술사는 왜 관련 클래스가 없었던 것 같죠?

―그래요? 듣고 보니 그러네.

―아뇨, 중간에 잠깐 나오긴 했어요. 좀 평범해서 다들 놓치신 듯. 그냥 마계에 나오는 마물들 테이밍해서 싸우더라고요.

―아, 들으니까 기억나네.

―쳇, LB사는 왜 소환술사만 차별 하냐, 또!

―ㅋㅋㅋㅋㅋㅋ 윗 님, 제 생각에는 업데이트 초반에 또 소환술사 상

향하라는 둥 별에 별소리 다 나오다가 이안갓 등장하면 다 침묵할 듯요.

　－저도 동의합니다. ㅋㅋ 이안이 또 발록이라도 테이밍해서 나타날 듯.

　그렇게 수많은 유저들의 기대와 추측 속에, 업데이트 날짜가 점점 다가오기 시작했다.

to be continued

정한담 장편소설

황색탄환

『태평천하』의 정한담
올 시즌 그라운드에 외계인을 던지다!

외계인을 신으로 모시는 무당 어머니 덕에
뛰어난 피지컬과 머리를 가지게 된 이민혁
축구부에 들어가 전국대회에서 활약하고
오성그룹의 지원을 받아 외국으로 향하는데……

축구의 성지, 유럽에서
탁월한 득점 능력과 드리블로 한국인들을 두근거리게 할
그의 압도적인 활약이 시작된다!

레버쿠젠, 차붐을 기억하는 그곳에서
'황색탄환'의 응원가가 울려 퍼지다!

꿈의 도약, 로크에서 하십시오
(주)로크미디어에서 신인 작가를 모십니다

즐거운 세상, 로크미디어는 꿈을 사랑하고 도전을 두려워하지 않는 작가 분들의 참신한 작품을 기다리고 있습니다. 21세기 장르 문학계를 이끌어 갈 차세대 선두 주자 (주)로크미디어에서 여러분의 나래를 활짝 펴 보시길 바랍니다.

모집 분야 판타지와 무협을 포함한 장르 문학
모집 대상 아마추어 작가, 인터넷 작가
모집 기한 수시 모집
작품 접수 시 유의 사항
1. 파일명은 작가명_작품명.hwp형식을 갖춰 주십시오.
1. 파일에 들어갈 내용은 다음과 같습니다.
   - 성명(필명인 경우 실명을 밝혀 주세요), 연락처, 이메일 주소
   - 제목, 기획 의도
   - A4용지 1장 분량의 등장인물 소개
   - A4용지 2장 분량의 전체 줄거리
   - 본문
1. 작품이 인터넷에 연재되고 있다면, 게시판명과 사이트의 구체적이고 정확한 주소를 기재해 주십시오.

선택된 작품은 정식 계약 후 출판물로 간행되어 전국 서점에 유통됩니다.
작가 분은 (주)로크미디어의 전폭적인 지원하에 전속 작가로 활동하시게 됩니다.
※ 자세한 내용은 로크미디어 홈페이지(rokmedia.com)를 참조하세요.

(03920)서울시 마포구 성암로 330 DMC첨단산업센터 3층 314호
(주)로크미디어 편집부 신간 기획 담당자 앞
전화 : 02 - 3273 - 5135
www.rokmedia.com   이메일 : rokmedia@empas.com

ROK
MEDIA

음악의 신들과 함께한다

이한성 현대 판타지 장편소설

못 나가던(?) 싱어송라이터
뮤지션의 정점에서 세상을 노래하다!

가망 없는 싱어송라이터의 꿈을 접고
영세 엔터테인먼트의 사장이 된 한지혁,
소속 가수를 구하려다 사망……
눈떠 보니 과거로 돌아왔다?

음악의 신들이 당신의 뒤에서 웃음 짓습니다

귀 밝은 악성, '들리지 않는 예술가'
전설의 기타리스트, '여섯 현의 마술사'
록밴드의 신화, '또 하나의 여왕'
매력 넘치는 신들과 함께라면 어떤 장르든 OK!

건드리는 음악마다 히트, 또 히트!
만능 엔터테이너 한지혁의 짜릿한 성공기!

철 哲宗 종

강동호 대체역사 소설

『효종』『대망』의 작가, 강동호!
미래의 지식으로 군림할 철종과 돌아오다!

4년 차 역사학 시간강사 태수
전임 교수 임명에 제외된 날 트럭에 치였는데
정신을 차리니 철종이 되었다?

세계열강이 아시아를 욕심내는 1850년대
조선을 지키기도 벅찬 마당에
국정 농단으로 나라를 좀먹는 세도정치와
온갖 패악을 부리는 서원까지……

내탕금을 털어 키운 정보 조직을 이용해
내부의 적은 때려잡고
화폐개혁과 군사제도 역시 개편해
전쟁의 역사에 맞서 조선의 운명을 뒤바꾼다!

예정된 혼돈의 시대
시간을 거스른 철종, 진정한 군주가 되어
조선을 지키고 세상을 가질 것이다!